suhrkamp taschenbuch 5445

Der Fall: Eine Person wurde erstochen im Arbeitszimmer eines Fremden aufgefunden. Der Raum war von innen sicher verschlossen, es wurde keine Waffe gefunden, und auch Selbstmord konnte ausgeschlossen werden. Doch nicht nur das: Die polizeilichen Ermittlungen führten weder zu Verdächtigen noch zu einem glaubwürdigen Motiv – das Opfer hatte keine Familie mehr, keine bekannten Feinde und hatte sein gesamtes Vermögen für wohltätige Zwecke gespendet. Warum also sollte jemand diesen Mord begangen haben? Vor allem aber: wie?

Viele Meilen entfernt sind 100 scheinbar sinnlos angeordnete Seiten aufgetaucht. Wer sie genau liest und in die richtige Reihenfolge bringt, klärt nicht nur diesen Mord auf, sondern auch neun weitere, die im selben Jahr begangen wurden.

Traust du dir zu, dieses *locked room mystery* zu lösen?

JOHN FINNEMORE ist ein britischer Schriftsteller und Comedian, der vor allem für seine Sendungen *Cabin Pressure* (mit Benedict Cumberbatch), *Double Acts* und *John Finnemore's Souvenir Programme* für die BBC bekannt ist. Für die *Times* schreibt er unter dem Namen Emu kryptische Kreuzworträtsel. Im Jahr 2020 löste er als eine Art Lockdown-Projekt *Kains Knochen*. Er hofft inständig, dass es nicht einer weltweiten Pandemie bedarf, um dieses Rätsel zu lösen.

John Finnemore

SALOMONS URTEIL

Das allerschwerste kriminalistische Rätsel der Welt

Aus dem Englischen von
Henry McGuffin

Suhrkamp

Die hier vorliegende Ausgabe ist eine für die Übersetzung
bearbeitete Version des bei Unbound, London,
erschienenen Titels
The Researcher's First Murder: A New Cain's Jawbone Puzzle.

Erste Auflage 2025
suhrkamp taschenbuch 5445
Deutsche Erstausgabe
© der deutschsprachigen Ausgabe
Suhrkamp Verlag AG, Berlin, 2025
© SINCE YOU ASK ME LTD, 2024
Alle Rechte vorbehalten.
Wir behalten uns auch eine Nutzung des Werks
für Text und Data Mining im Sinne von § 44b UrhG vor.
Umschlaggestaltung nach Entwürfen von Tom Gauld
Druck und Bindung: CPI books GmbH, Leck
Printed in Germany
ISBN 978-3-518-47445-7

Suhrkamp Verlag AG
Torstraße 44, 10119 Berlin
info@suhrkamp.de
www.suhrkamp.de

SALOMONS
URTEIL

Die Einleitung

Am 30. Dezember 2023 wurde eine Person im Arbeitszimmer eines Hauses, das ihr nicht gehörte, erstochen aufgefunden. Das Zimmer war von innen verschlossen, doch fanden sich darin weder eine Waffe noch Spuren, die ein Mörder oder eine Mörderin hinterlassen hätte.

Doch das ist noch nicht alles: Die Polizei konnte keinen Verdächtigen ermitteln, geschweige denn ein Motiv für die Tat. Das Opfer hatte keine Familie und keine lebenden Angehörigen, keine bekannten Feinde und hatte das gesamte Vermögen für wohltätige Zwecke gespendet. Das Rätsel ist bislang ungelöst.

Bis auf folgende Tatsache: Die für den Mord verantwortliche Person bewahrt, sicher verschlossen in einer Schublade in ihrem Haus, eine Schachtel mit hundert auf Schreibmaschine getippten Karten auf, die in der richtigen Reihenfolge und bei richtigem Verständnis nicht nur diesen Mord erklären, sondern gleich neun weitere Morde, die alle in demselben Jahr begangen wurden.

Dieses Buch versammelt die Texte, die auf diesen Karten stehen.

Das Preisausschreiben

Mit Erscheinen der deutschsprachigen Ausgabe schreibt der Suhrkamp Verlag ein Gewinnspiel aus: Wer uns als Erste oder Erster die Vor- und Nachnamen der Opfer, die Vor- und Nachnamen der jeweiligen Täter sowie das Dorf, den Ort oder die Stadt mitteilt, wo (oder in dessen bzw. deren Nähe) der Mord jeweils stattgefunden hat, und all dies in der richtigen Reihenfolge, **gewinnt € 1000**.

Um zu dieser Lösung zu kommen, müssen die Seiten in die Reihenfolge gebracht werden, in der sie geschrieben wurden, es müssen der Sinn der beschriebenen Ereignisse erkannt und – sofern dies suggeriert wird – weitere Schritte unternommen werden. Anders als bei *Kains Knochen* ist es nicht nötig, die korrekte Reihenfolge der Seiten als Lösung einzureichen.

Füllen Sie den in diesem Buch abgedruckten Lösungsbogen aus, scannen Sie ihn ein oder fotografieren Sie ihn und senden Sie ihn per E-Mail an:

salomonsurteil@suhrkamp.de
Einsendeschluss ist der 28. Februar 2025.

Teilnahmebedingungen:

Die Teilnahme am Gewinnspiel ist für jede Person offen, die das 18. Lebensjahr vollendet hat. Pro Person ist nur eine Teilnahme zulässig. Alle Einsendungen mit ausgefülltem Lösungsbogen, die bis einschließlich 28. Februar 2025 unter der E-Mail-Adresse salomonsurteil@suhrkamp.de eingehen, nehmen teil.

Den Gewinn erhält, wer uns als Erste oder Erster die Vor- und Nachnamen der Opfer, die Vor- und Nachnamen der jeweiligen Täter sowie das Dorf, den Ort oder die Stadt mitteilt, wo (oder in dessen bzw. deren Nähe) der Mord jeweils stattgefunden hat, und all dies in der richtigen Reihenfolge (d. h., beginnend mit dem frühesten Mord).

Der Suhrkamp Verlag übernimmt keine Haftung, wenn Einsendungen bei der Übermittlung verlorengehen oder infolge von technischen Störungen verzögert erst nach Einsendeschluss eingehen.

Die Gewinnerin bzw. der Gewinner wird spätestens 30 Tage nach Einsendeschluss bestimmt und per E-Mail benachrichtigt. Sollten die Einsendungen von zwei oder mehr Teilnehmern, die die Gewinnbedingungen erfüllen, gleichzeitig eingehen, so entscheidet das Los.

Der Gewinn wird überwiesen und kann nicht in bar ausgezahlt werden.

Der Suhrkamp Verlag wird Ihre personenbezogenen Daten nur insoweit speichern, verarbeiten und nutzen, soweit dies für die Durchführung des Gewinnspiels erforderlich ist. Ihre personenbezogenen Daten werden nicht weitergegeben oder für andere Zwecke als für dieses Gewinnspiel verwendet.

Mit der Einsendung des ausgefüllten Lösungsbogens erklären Sie sich mit diesen Teilnahmebedingungen einverstanden. Der Suhrkamp Verlag behält sich das Recht vor, Personen, die gegen diese Teilnahmebedingungen verstoßen, die Teilnahme zu verweigern bzw. den Preis nicht zu vergeben.

Veranstalter ist die Suhrkamp Verlag AG Berlin.

Weitere Informationen zum Buch, zu dem Lösungsbogen sowie die Teilnahmebedingungen finden Sie auch unter:

www.suhrkamp.de/salomonsurteil

Korrektur!

Neuer Einsendeschluss ist der 31. März 2026.

Lösungsbogen

Name: ....

Adresse: ....

Telefonnummer: ....

E-Mail: ....

	Opfer:	Mörder:in:	Ort:
z. B.:	Camille l'Espanaye	Pongo Pygmaeus	Paris

1)

2)

3)

4)

5)

6)

7)

8)

9)

10)

Hinweise und Ratschläge

Die folgenden einhundert Seiten bilden das gesamte Rätsel. Sie sind in willkürlicher Reihenfolge angeordnet, die Seitenzahl dient nur als Bezugspunkt – die ursprünglichen Karten im Besitz des Mörders sind nicht nummeriert. Wie schon in *Kains Knochen* kannst du versichert sein, dass es eine und nur eine korrekte Reihenfolge gibt.

Um dieses Rätsel zu lösen, muss man *Kains Knochen* weder gelesen noch gelöst haben. (Für diejenigen allerdings, die das getan haben, könnten hier ein paar Ostereier versteckt sein.)

Um das Rätsel zu lösen, ist ein umfangreiches Wissen erforderlich, das eine einzelne Person gar nicht besitzen kann. Du bist daher aufgerufen, dich frühzeitig und häufig Suchmaschinen und anderer Recherchehilfen zu bedienen. Jedes einzelne Stück an Information, so obskur es auch sein mag, ist online über mindestens zwei unabhängige Quellen zu finden, meist sogar über viele mehr.

Die Teilnehmenden sollten nicht vergessen, dass nur die zehn Morde, die im Jahr 2023 stattgefunden haben, Teil der Lösung sind.

In den Fällen, wo mehr als eine korrekte Antwort möglich ist, wenn zum Beispiel also Elizabeth manchmal auch Betty genannt wird oder ein Mord in Whitechapel und damit gleichfalls in London begangen wurde, wird jede korrekte Antwort akzeptiert; allerdings sollte es sich um den Namen eines einzelnen Ortes handeln – »Yorkshire«, zum Beispiel, wäre zwar möglicherweise korrekt, aber zu ungenau. Spitznamen, bei denen es sich nicht um Kurzformen von Namen handelt, sind nicht zugelassen. Bitte beachte auch, dass einer der zehn Tatorte fiktiver Natur ist.

Die Teilnehmenden können sich auf den Wahrheitsgehalt dessen verlassen, was die Polizei laut Einleitung vorgefunden hat:

- Das Opfer wurde mit einer langen Klinge ermordet; die Verletzung hat es sich unter keinen Umständen selbst zufügen können. Kriminaltechnische Ermittlungen haben ergeben, dass die Leiche nach dem Tod nicht bewegt worden ist. Weder in dem

verschlossenen Zimmer noch außerhalb wurde eine Waffe gefunden.

- Die einzige Tür, die von der Polizei aufgebrochen wurde, war
  eindeutig und sicher von innen verschlossen. Die Fenster hatten kleine Scheiben und ließen sich nur einen Zentimeter weit
  öffnen.

- Es gab in dem Zimmer keinen Kamin, kein Versteck, keine
  Geheimtür, keinen Tunnel oder sonstigen derartigen Trick.

- In dem Zimmer wurden keine andere Person, kein anderes
  Geschöpf, keine weitere Leiche gefunden.

- Das mit dem Eiszapfen funktioniert nicht.

Viel Glück. Aber nicht zu viel davon.

John Finnemore

Anmerkung des Übersetzers:
Wie schon in *Kains Knochen* ist es an der einen oder anderen Stelle
notwendig, »englisch« – oder vielleicht gar »mehrsprachig« – zu
denken.

Henry McGuffin

SALOMONS
URTEIL

(1)

am anfang anzufangen.

happy birthday.

du hast bis weihnachten. die zeit läuft ab ... jetzt.

du weißt, du bist fertig, wenn du neun verstanden und einen plan für zehn gefunden hast. was dann geschieht, liegt ganz bei dir. natürlich hoffe ich, dass du nach allwyn kommst – vielleicht an stephens großem tag? unsere heldin wird natürlich anwesend sein – sind sie doch immer. und du weißt ja, wie du das findest, was der wirt im april bemerkte.

falls nicht, dann ist das auch völlig in ordnung – ich bin in der lage, mich um mich selbst zu kümmern. aber vielleicht beschließt du ja, die profis zu informieren. was immer auch geschieht, ich halte mich an das erste, was ich im oktober geschrieben habe. mehr will ich gar nicht.

in der zwischenzeit hoffe ich, du hast spaß, ich finde es gut, oder gut und schön. ich habe mich bemüht, nicht der jugendlichen begeisterung des ländlichen reiters zu verfallen. mal ein hauch davon, aber nichts, was man als vier, fünf meilen über stock und stein beschreiben würde, versprochen. das gilt natürlich nur für diesen kontext. ich spreche nicht für das universum.

aber natürlich gibt es ein paar tricks. manche sind schon früher vorgekommen. erinnere dich zum beispiel daran, wie der erste vom boss endete oder als yorick die hand ausstreckte und der kammerjungfer ihre

schwester.

ich saß nach dem essen allein in meinem zimmer. zwei gelbe halbkugeln starrten mich aus ihrem blassen bad an. sie waren selbst schon ganz blass, kein wunder, wo sie doch schon so lange darin lagen. zum ersten mal in meinem leben teilte ich des liebessängers angst. bis zu diesem zeitpunkt hatte ich mich nur vage über sie gewundert. hatte das dilemma mit den kosten zu tun, wie die rechnung von somersets lunch andeutet? oder beschäftigten sie sich mit der gefahr für jenes, was sie als prächtig und wählerisch bezeichnen, mit einer schlichten nadel drin? die tür ging auf. es handelte sich, so ambrose, um eine nebenform der verzweiflung, die sich als tugend tarnt.

soll ich sie für sie beseitigen? ich erschrak. war das die unwahrscheinliche erklärung? führte jemand ein nebengeschäft als auftragsmörderin? doch der nächste ihrer schritte zeigte, dass diese nachfrage auf fruchtlosen boden fiel.

schön, dass ich sie antreffe. doch ohne ironie.

ich habe gehört, sie wollen alles über rosemary wissen? rosemary? ah. ja. niemand hatte großes andenken für rosemary zeigen wollen, doch nun wollte jemand sprechen. wände haben ohren, und ohren haben hörgeräte, also brachten sie mich ins

doktor.

oder ist damit die lady mit den spatelförmigen finger-
spitzen gemeint?

ich habe mir ziemlich mühe gegeben. zum beispiel habe
ich in ein paar neue räder investiert, sieben insgesamt,
auf drei vehikel verteilt. (ja, das eine mitgezählt, du lang-
weiliger pedant.) das relevanteste davon war am schwie-
rigsten zu beschaffen, wie zu erwarten war. man kann sie
natürlich nicht mehr kaufen. aber wenn man lang genug
sucht und genug bezahlt, doch. um ehrlich zu sein, hat
mich der verkäufer schwören lassen, niemals darin hin-
auszufahren – ein versprechen, das ich zu halten gedenke –, und mir gewissenhaft die ganze geschichte erzählt.

dann geh und handle genau so, höre ich dich fast rufen.

also gut.

dieser war diesmal wieder dein fehler, fürchte ich. vor ein
paar monaten habe ich mich mit der frage beschäftigt,
was denn aus all den rechtmäßig erworbenen gewinnen
werden soll, die ich mit otto und den anderen über die
jahre angehäuft habe. mein familienstammbaum ist nur
noch ein stumpf, wie du weißt. ich dachte natürlich an
dich, aber du brauchst es nicht. außerdem wusste ich
ganz genau, was du damit machen würdest. du würdest
alles ausgeben für deine geliebten

mutter.

jedenfalls konnten sie mich darüber informieren, dass mein klient zwar exakt dort gelebt hatte, wie man es hätte erwarten können, doch sind sie kürzlich nach nebenan gezogen. den genauen ort konnten sie nicht sagen, doch bei ihrem geschmack und vermögen nahmen sie an, ins goldene dreieck.

das sollte reichen.

als erstes flog ich in die stadt mit den sieben hügeln, zum einen der diskretion halber, zum anderen, weil es mir dort gefällt. ich lungerte herum und nahm den lift zu einem meiner lieblingsorte auf der welt – einer kleinen bibliothek in einer mittelalterlichen kirchenruine, in der es drei leichen gibt. ich habe mich immer gefragt, ob sie dort wohl spuken (was ich keine sekunde lang glaube, aber du weißt ja, was ich meine), und wenn ja, wie sie sich so machen.

dann zum geschäftlichen. die mitte hält nicht mehr. zumindest mich nicht. ich nahm den bus in irgendeine vergessenswerte gegend, und es dauerte nicht lange, bis ich das richtige fand: nicht zu alt und nicht zu neu, und ein besitzer, dem der volle geforderte preis wichtiger war als der papierkram. und so fand ich mich im unbestreitbaren, wenn auch nicht ganz legalen, besitz eines gegenstandes mit einem kuriosen namen, so als fordere man den abschied eines

elefanten.

ich finde ja immer, dass es sich anhört, als sollte es auf dem schachbrett stehen, aber natürlich tut es das nicht.

ich schweife ab. ja, die reise ist endlich vorüber, sie hat zwei tage gedauert, ein flugzeug, drei züge, unzählige busse und eine weitere übernachtung in einem hotel, das nach katz und maus roch, was mir wohl nur wegen des ortes so vorkam. doch das war es wert. ich bin froh, dass pasternak schließlich das tun konnte, was der schweizer nicht für möglich gehalten hatte, auch wenn ihn das nicht sonderlich erfreut zu haben schien. gib einem menschen alles, was er will, und im selben augenblick ist alles nicht alles.

genau wie der schweizer hörten sie auf zu rechnen und all das. ich kokettiere übrigens nicht, indem ich sie so nenne. ihre identität ist ja schließlich weithin bekannt.

der erste schritt der letzten reise hatte natürlich darin bestanden, meine eigene errungenschaft dadurch zu annullieren, dass ich honig nahm und im vorübergehen emma zunickte. das hätten sie nicht gutgeheißen, fürchte ich. aber sie waren ja schon immer kritisch

denkst du, ich möchte, dass du mich mit dem spanier vergleichst? geschweige denn mit dem dänen? vergiss nicht, ich kannte den alten herrn kaum. nicht dass sie jemals einer wurden. und ich hege keine sonderlichen gefühle gegenüber dem schlächter mit dem sinistren namen, die es wurden. aber schau, ich habe es hier mit einer art stichtag zu tun, und anders als du habe ich nicht so viele vielversprechende kandidaten, dass ich es mir leisten könnte, einen hundertprozentigen aus reiner verlegenheit auszulassen.

tatsache ist, der schlächter war kandidat, und ich wusste genau, wo ich sie finden würde: oben auf dem scherbenberg, genau dort, wo die alte dame und ich sie zurückgelassen haben. so hat es mir tante sophie erzählt, und sie sollte es wissen, denn sie ist es auch. (ja, tante sophie ist eine »sie«. ich möchte denjenigen mal sehen, der versuchen sollte, tante sophie zu vermehren.) außerdem wollte ich den alten ort mal wieder aufsuchen.

also unternahm ich eine weitere reise, an ganz genau den ort, den der von kummer geplagte percy für jene empfiehlt, die john vermissen und allgemein das ziel, zu dem die reumütige ratte zur begleitung wird für den gramgebeugten

kaninchen.

also gut, kehren wir zu horazens ei zurück.

ich bin andy zum ersten mal letztes jahr begegnet, über die arbeit. ich mache da so eine neue sache – erzähle ich dir später, ist ziemlich langweilig –, und man hatte mir gesagt, dass sie mir vielleicht helfen könnten. konnten sie nicht, wie sich herausstellte, aber es war eine bemerkenswerte begegnung. obwohl ich mich nicht daran erinnere.

dann, im september, bin ich ihnen im armoury und im buchstäblichen sinn wieder über den weg gelaufen. es war merkwürdig, jemandem zu begegnen, der mich mal so tief berührt hat, und nichts zu fühlen. nicht dass ich damals etwas gefühlt hätte. ich drückte freude an dieser kombination aus beruf und nachnamen aus, und sie erklärten, sie hätten sich ihre spezialität ganz speziell deswegen ausgesucht, damit die leute sie nicht so nennen. überflüssig zu erwähnen, dass mich das nicht davon abhielt.

wir unterhielten uns, und sie gestanden, sie würden meinen hamburger bewundern. ich drückte meinen erfreuten dank aus, und wir verbrachten eine angenehme stunde damit, über morde zu diskutieren.

ich kann dein gesicht sehen. du weißt ja, dass ich heutzutage den deutschen so satt habe wie oliver den finnen und daher wohl auch die queen den wallonen. aber wie du herausgefunden hast, hatte ich einen nicht satt, und zwar diesen charmanten australischen

hast du nie mal einen echten mord in einem verschlossenen raum begehen wollen?

selbst zu dem zeitpunkt dachte ich, was für eine gute erste zeile. du hattest, ich weiß es noch, zweifel, dass es so
etwas geben könnte, und hast behauptet, dass die wirk-
lichkeit erheblich banaler sei. aber ich erinnere mich an
das, woran ich mich erinnere, und ich wäre dir dankbar,
wenn du dich nicht einmischst. wir sind uns zumindest
einig, dass in den harten zeiten in jenem bleak house unser gemeinsamer freund nicholas mich dir empfahl als
begeisterte mitstreiterin, die vielleicht in der lage wäre,
dich mit ein paar interessanten morden zu versorgen.
darin zumindest erwiesen sie sich als wahres orakel,
denn ich konnte das nicht nur damals, sondern habe das
auf die eine oder andere weise immer wieder getan. und
nie mehr als jetzt.

ich komme deshalb darauf, weil ich dir von einem be-
zaubernden alten englischen landhaus aus schreibe, exakt die art, in der morde in geschlossenen räumen in
der fiktion so häufig stattfinden und leider so selten im
wahren leben. und durch den raum fällt mein blick auf
ophelia

ja, ja, schon wieder, ich weiß. also gut, kehren wir noch mal zurück.

es war im juni, und ich war wieder mal auf der suche nach einem geeigneten kandidaten, als mich ein verspäteter geistesblitz traf. ich zermarterte mir das hirn und ging alte zeitungen durch, wo es doch eine berühmte liste über die besten des landes gibt, die von den experten auf dem gebiet geführt wird; zumindest über die gesuchtesten. ich schaute nach und hatte auf einmal eine ganze reihe an verlockenden möglichkeiten. die meisten davon konnten nur im ausland akquiriert werden, wie es schien, aber das hatte mich bislang ja noch nicht abgehalten.

nach meinem dafürhalten wäre es aber zu gefährlich gewesen, zu oft zu derselben quelle zurückzukehren, und, was noch schlimmer ist, langweilig. also gut, wenn ich sie nicht alle haben konnte, dann würde ich nur einen haben. und in dem fall musste es natürlich das überragendste exemplar sein. sich mit etwas geringerem zufrieden zu geben, wäre künstlerisch nicht wertvoll. ich las weiter. es wurde eine ungefähre ortsangabe gemacht, aber ich war mir sicher, mein kumpel im bau würde es noch ein wenig eingrenzen können. ihr name ist sam, um dir mal ein geschenk zu machen; und ihr beruf ähnelt dem von des chefs

deshalb bin ich hier.

dieses hotel liegt am rand des alten medeshamstede, und das erste mal wohnte ich hier vor einem monat, als ich ein paar alte freunde zum letzten mal besuchte (ohne dass sie das wussten). da fiel mir zum ersten mal black an der wand auf. ein beiläufiges gespräch mit den angestellten verriet mir, dass sie immer hier übernachten, wenn ihre jährlichen wanderungen sie hierherführen. und jetzt bin ich hier, weil sie bald hier sein werden. sie nehmen immer das beste, sagte man mir, und ich bin ihrem beispiel gefolgt, oder habe es vielmehr vorweggenommen.

es ist also alles bereit … doch dummerweise beunruhigt es mich, dass ihre überführung auf einer überzeugung meinerseits beruht, besser gesagt, dem fehlen einer solchen. doch es ist mir gerade aufgegangen! es gibt eine simple methode, um ihnen die gelegenheit zu geben, mich ganz nach den eigenen regeln vom gegenteil zu überzeugen! der schlüssel wird es sein, wo am montag nach ihnen zu schauen sein wird, aber was ist mit morgen? snuffys cousin wird es wissen und tut es auch. aha! eine stadt, die ich gut kenne, da mein freund markos viele jahre dort gelebt hat, zu ihrem größten verdruss. und es gibt sogar eine direkte zugverbindung. ausgezeichnet. also besuche ich morgen das

oberst.

ich schweife ab. ich schweife ab. jetzt, wo ich eine genaue beschreibung ihres landstreichers habe, war es eine leichte angelegenheit, ihnen bei ihrem nächsten besuch mithilfe eines seltsamen gegenstandes, inspiriert von becketts werken, nach hause zu folgen, das sich in der unteren ecke beim see befand.

als mich becketts maulwurf informierte, dass der tiger seine feudale höhle verlassen hatte, näherte ich mich dem tor. das tor war eine ernste sache, ebenso der große gentleman, der herbeikam, um es zu öffnen, oder auch nicht. zu meiner erleichterung war sofort klar, dass sie aus demselben Land stammten wie ihre obrigkeit. umso besser. wenn keiner von uns dort war, wo ein prophet weniger gilt, umso leichter für einen von uns, so zu tun. ich erklärte in geliehenem akzent, wieso ich hergekommen war und was ich zu erreichen hoffte. es würde sich, so behauptete ich, um ein jährliches ereignis handeln, das im kaufpreis inbegriffen sei. doch ohne dies … vielleicht nicht heute, vielleicht nicht morgen, aber bald würde der fragliche gegenstand unausweichlich die hälfte seines namens einbüßen

letzten monat rief mein freund adrian flanders an und
bat mich um ein interview. sie sind nur eine kleine zier-
de des thunderer, wenn auch nicht sonderlich grollend.
wohl eher ein leichter niederschlag auf der kulturseite.

mich? warum?

nun … nicht nur sie.

wen noch?

… gilbert mcqueen.

angesichts der lage ihrer büros bat ich ihn höflich, es der
»old person of ems« gleichzutun.

oh, bleiben sie dran. bitte. ich dachte, ich könnte sie …

ich kann es nicht ertragen, den idiotischen wortwitz zu
wiederholen, der auf dürftige weise zwei unserer fünf
namen im dienst eines klischees verknüpfte und außerdem noch dem rechtmäßigen besitz des boss' entriss. ich
drückte diese ansicht freimütig, wortgewandt und laut-
stark aus.

und wenn ich schon dabei bin, möchte ich dich an die
feurige morgenröte erinnern.

es ist eine allgemein anerkannte wahrheit – wenn auch
entscheidenderweise nicht offiziell eingeführt –, dass vor
einigen jahren eine verheiratete frau sich im besitz eines
gatten befand und nichts dringender benötigte als ein
schönes vermögen.

also beschafften sie sich etwas, das jimmy herf sich unter
dem times building wünschte, bestückten damit den so-
nata des stets geliebten und warteten auf das resultat. das
stellte sich ein, und wie sich herausstellte, gehörte dazu
auch ein besuch von der

bull.

du weißt, wie lieb ich alle meine söhne habe. ich weiß, du bist nicht schlechter als die meisten menschen, aber ich dachte, du wärst besser. oliver aber ist schlimmer als die meisten menschen – und sicher schlimmer als joe. sie haben dieselbe entscheidung getroffen, aber oliver hatte mehr zeit, weniger druck und hat den preis dafür noch nicht bezahlt.

daran ist übrigens kein zweifel – die ermittlungen sind online. wir haben die e-mail, die darauf aufmerksam macht, und olivers antwort, das ganze wieder unaufmerksam zu machen. aber natürlich tut sie das nicht.

wir müssen sicherstellen, dass diese ergebnisse nicht im statistischen rauschen untergehen.

das genügte, und sie waren ihren job los, aber nicht ihre stattliche abfindung oder ihre freiheit. offenkundig gibt es keine verlässliche rechtsprechung, die beweist, dass dies heißt, was es so offensichtlich heißt. wie beweist man eine paralipse?

ich rechne bei diesem hier nicht mit großem widerstand deinerseits. denn wenn du akzeptierst, dass dieser befehl vom chef unmittelbar verantwortlich war – was du sicher tust, was er sicher war –, dann haben sie die bislang höchste zahl erreicht. 21 insgesamt, bei sechs zwischenfällen. das sind sogar noch mehr als bei

maulwurf.

aber ich hatte einen freund, der zu jener zeit in horazens
wäldern herumlungerte; wenn ich mich richtig erinnere,
kämpften sie mit monströsem mondschein. dies taten
sie in der stadt auf den sieben hügeln, wo sie gerade einen exotischen neuen mitarbeiter angestellt hatten, der
hinter dem vorhang vorgetreten war, um mit kollegen
zu konferieren, dann aber ganz zerstreut vergaß, wieder
dahinter zu verschwinden. sie willigten ein, mit mir zu
reden, also fuhr ich nach norden.

mein gespräch mit dem professor folgte einem vertrau-
ten muster: eine halbe stunde sorgfältiger, performativer
diskretion, gefolgt von drei stunden haltloser, zwang-
hafter offenheit. nur wenige menschen widerstehen der
schwindel erregenden droge, mit jemandem über sich
selbst zu reden, der aufmerksam zuhört und nur ab und
zu murmelt: »sie haben ja so recht.«

sie waren achtklassige mathematiker, wie sie sagten –
eine bezeichnung, die sie ganz genau so meinten, wie ich
gerührt feststellte. dennoch hatten sie in einem bemerkenswert jungen alter das höchste niveau erreicht, bevor
sie sich verdrückten. sie zeichneten ein lebhaftes bild der
vielen schrecken, die die mitglieder ihrer früheren fakul-
tät bedrohten. deren leitung, so wurde klar, war niemand
anderes als sie

taurus.

ich hatte einen ausweichplan, falls ich mich in der geheimen identität ihrer sekretärin geirrt hatte, aber natürlich trafen sie allein ein und gaben eine unnötig lange erklärung über die sorgen der kinderbetreuung ab, die ihnen den bewundernswerten crichton an der seite abspenstig gemacht und die zustände wie im paradies beendet hatten.

sie waren schlank, mit haaren so schwarz wie das innere eines wolfs, ansonsten aber blass. in meiner großen braunen pfote wirkte ihre zarte hand nahezu weiß. manchmal schläft sogar der große homer. sie waren hocherfreut über meine arbeit, ohne auch nur die hälfte davon zu ahnen.

haben sie das alles selbst gemacht?

unwillkürlich fühlte ich mich geschmeichelt. wer sagt denn, dass mord keine kunst ist? ich schon, ganz gleich, was roxie singt oder tom, der süchtige, betrachtet. es ist ein handwerk. manche künstler haben sich natürlich daran versucht – übersetzer zum beispiel, oder dichter. auf ihre art gut, aber … wie gertrude mag ich mehr inhalt, wenger kunst. und der boss hatte nicht ein fitzelchen kunst an sich, aber, ach, das handwerkliche geschick!

ich schweife ab. ich schickte sie zum umkleiden. dann stellte ich sie vor die wand und schoss zwanzig oder dreißig mal

… was ist geschehen? mein bein … himmel, mein bein. ist das blut? wo bin ich? oh mein gott. ist das … ist das eine meiner rippen?! nein! nein, nein, nein! um himmels willen, sie bringen mich um!

danke.

ich setzte mich. was hätte ich denn sonst sagen oder tun können?

ich muss zugeben, das war sehr gut gespielt. damit meine ich ganz schrecklich. doch es hatte alles nichts mit meinen plänen am montag zu tun, ich habe also keinen grund, irgendetwas daran zu ändern.

ich ging also, um etwas zu trinken. und jetzt, sie werden entschuldigen, hole ich mir noch einen.

später. ich habe mich angekleidet und bin bereit. es handelt sich schließlich um ein kostümstück. wie konnte ich der versuchung widerstehen, die dieser name bietet, und das in diesem besonderen umfeld? wie schade nur, dass sie keine dr. sind? wobei ich mich zu entsinnen meine, dass dies in den usa nicht usus ist. ich habe gerade nachgeschaut. sie waren es früher, doch sie haben den namen geändert, warum auch immer. sie haben auch meinen titel entfernt, aber ich bin ja nicht dort, also werde ich ihn verwenden. meiner, sage ich, denn heute bin ich

isaiah.

er war unscheinbar, das hatte mich angezogen, doch nun fand ich, dass er ein paar verzierungen nötig hatte. also suchte ich mir einen abgeschiedenen ort und brachte zu beiden seiten ein paar dinge an, die ich angefertigt und von daheim mitgebracht hatte. nachdem alles angebracht war, stand dort, dass ein gewisser verdugo und eine unbestimmte anzahl an söhnen fähig und willens seien, jenen zu hilfe zu eilen, die bis über beide ohren im wasser standen oder eben nicht.

unter solch falscher flagge verließ ich den ort über die hängepartie des 25. april, dabei war ich drei monate zu spät, und fuhr auf der a2 nach süden.

dort angekommen, suchte ich nach einem bestimmten haus tief im tal des wolfs. zu ihren anderen verbrechen, und bei weitem nicht zu den geringsten, gehört, dass sie sich dem verderben von spaziergängen widmen, wie ihr teilweiser namensvetter sich ausdrückte. dementsprechend mietete ich eine abstoßend teure wohnung mit einer aussicht an, die ich ebenso abstoßend fand; allerdings hoffte ich, ich sehe von dort aus

haie.

es scheint, dass jedes mal, wenn ein haiexperte mit einer neuen theorie über haie daherkommt und einen hai sucht, um sie zu überprüfen, er sich dann an die daten der fischflotten hält, um herauszufinden, wo ein flossenfisch sein eigenes kleines unternehmen betreibt.

dies erinnerte mich sofort an jenen doktor, der so notorisch mit hyde in verbindung gebracht wurde. ich meinte mich zu erinnern, dass dort etwas ähnliches geschehen war. ich schaute nach. tatsächlich, wie auch bei ein paar weiteren personen dieses berufs. aber erst, nachdem man den braten gerochen hatte. was wäre also das resultat, fragte ich mich, wenn man auf einen rein spekulativen fischzug gehen würde? würde ich auf einen bisher unbekannten stoßen? nicht dass ich beabsichtigte, von meinem pferd zu steigen, mit der nase am boden herumzurennen und laut wuff wuff zu machen, aber es schien den versuch wert.

tatsächlich stellte es sich als beunruhigend einfach heraus. ich erwarb ein, zwei scheffel an ausgangsdaten, heutzutage ja so leicht zu kaufen wie alles andere, und bediente mich dazu der dienste einer talentierten jungen frau namens

fausto.

ich hatte damals natürlich keine ahnung von ehrungen, und ganz gewiss hatte ich keine vorstellung davon, wie heldenmut in meiner neuen heimat belohnt wurde. meine neuen kolleginnen klärten mich natürlich voller freude auf.

doch diese alte sache – diese neue alte sache – ist mir ans herz gewachsen und hat sich bei der arbeit als nützlich herausgestellt. sie machen sich gut auf dem umschlag.

eine woche später. ich bin gerade von ein paar örtlichen schwindlern rausgeklingelt worden, die versuchten, das übliche schutzgeld einzufordern. ich fragte sie, wer sie denn genau zu sein glaubten, und sie sagten es mir nur zu gern. natürlich habe ich nichts gegen den rumänischen erdreichimporteur, aber ich wüsste nicht, warum ich mich von einem jüngeren mitglied einer skandinavischen königsfamilie einschüchtern lassen sollte. dennoch gab ich ihren forderungen nach, ich bin ja kein unhold wie so manch andere.

ich habe eine entscheidung in der sache getroffen. es ist keine große sache. du wirst verstehen, dass ich nicht zu viel verraten will. vor allem zögere ich dabei, ross und reiter zu nennen. bleiben eigentlich nur zwei unbefriedigende möglichkeiten: entweder brülle ich die ganze zeit, oder ich plappere endlos dahin wie ein kind, oder don marquis' küchenschabe. letzen endes habe ich entschieden, es zu machen wie

clement.

ich willigte ein. am nächsten tag informierte der doktor das princess royal, dass ihre mutter schwer krank sei und sie umgehend nach adelaide zurückkehren müssten. sie erzählten den nachbarn in allwyn dasselbe und fügten an, dass sie vielleicht für wochen oder monate fort sein würden, doch dass irgendwann ein hausmeister dort wohnen, sich um das haus kümmern und einen rosengarten anlegen würde. sie packten, nahmen ein paar nützliche dinge von der arbeit mit und kehrten zurück, um sich dem alten mann und mir anzuschließen.

es war für sie beschlossen, so früh wie möglich abzureisen. ich verstand die ungeheure eile nicht, aber wie der schotte hatten sie den eindruck, wärs abgetan, so wie's getan, wärs gut, 's wär schnell getan. ich fürchte, wir haben eine party geschmissen. und ich pries die freude, weil es für den menschen nichts besseres unter der sonne gibt, als zu essen und zu trinken und sich zu freuen, neben anderem; und wir hatten einen riesenspaß dabei, ko-ko mit möglichen kandidaten zu spielen. ich weiß, ich weiß, aber zu unserer verteidigung ist es wichtig zu bedenken, dass wir beide schreckliche menschen waren.

ich hielt mich zurück, da ich am nächsten tag zu arbeiten hatte, doch andy nicht, denn sie mussten nicht. als ihre lichter aus waren, folgte ich den anweisungen des doktors. was ich sagen will ist

ich bin dort, wo es auf vier schwerter keine antwort mehr gab. ich hätte sie gern hier getroffen, aber man muss ja pragmatisch sein. ich habe einen etwas stilleren ort eine etage tiefer gewählt.

frühere recherchen hatten ergeben, dass es in einem der bereiche zur seite hin immer wieder möglich ist, ein, zwei minuten allein zu bleiben. außerdem sprach mich der name an für ein rendezvous zweier personen, die das nicht sind. auch wenn sie sich als zweiteres ausgeben und ich wohl als ersteres.

ich trage wieder, was ich als meinen grünen anzug be-trachte, den ich schon getragen habe, um die seherin zu sehen. zum einen wegen dem, was gilberts pater hin-sichtlich der wirksamen tarnung von kieselsteinen, blät-tern und schwertern gesagt hat, und zum anderen, weil es außerordentlich bequem ist. was sie einem ja nie ver-raten, die gerissenen kerle.

ich bin jetzt unten und mache mich mit dem erfinder meiner lieblingsgabel vertraut. noch immer keine spur. schluss! polizeistunde?

ah! da oben sind sie. bleiben stehen und betrachten die szene mit idiotischer gerissenheit. komm schon. komm runter. komm in die löwengrube. komm, dass dich zeichne das tier.

und da kamen wir ins spiel.

wir schließen uns wieder unserer heldin zuhause an und hören, wie jemand einen mitgliedsantrag stellt. der brookwood club fing als scherz zwischen uns beiden an, na ja, neun zehntel von einem scherz. eine fantasterei über ein kleines projekt, mit dem ich mich von dieser nervtötenden neuen sache ablenken kann, die ich gerade mache, das dem meisterwerk des boss' tribut zollen und die welt zu einem besseren ort machen soll. brookwood natürlich, laurence zu ehren. ich hatte das nie ernst gemeint, zumindest dachte ich das. doch ormond sacker, wie sie gott sei dank nicht hießen, hatten das offenbar doch getan.

es ist am besten so. auf diese weise bekommt der alte mann seine gerechtigkeit, und wir sorgen dafür, dass diese sache nicht noch mal passieren kann. was offen gestanden unter anderen bedingungen sehr wohl passieren kann. wenn nicht auf der straße, dann auf dem tisch. und denk doch nur an die reichtümer, die ich dem royal princess abnehmen kann! äußerst hilfreich bei zukünftigen bewerbungen.

also. ich war mir mit dem großen plan nicht sicher – bin ich immer noch nicht –, aber so langsam sah ich die möglichkeiten der lösung zu unserem unmittelbaren problem. unser großer vorteil war, niemand wusste, dass wir uns schon begegnet waren, außer im op und

jetzt stehe ich in der tür und bin so bereit wie noch nie. besser gesagt … eigentlich nicht. ich habe etwas, das wir damals in der penne einen bammel genannt haben. ich weiß gar nicht, warum. dort stand nichts über dem nicht sonderlich hohen tore, doch rechts davon stand »wir verfolgen einen ganzheitlichen ansatz, bei dem der mensch im mittelpunkt steht und ein breites therapie-spektrum zum einsatz kommt.« das klingt wohl weniger deprimierend als das original, aber nicht sonderlich. dennoch bin ich überrascht, wie hoffnungslos ich bin, hier einzutreten. ich weiß, ich gehe nicht in frieden in die gute irgendwas — es ist nur vorübergehend und mit hintergedanken. aber ich schätze, die krabbe feixt schon über mich.

also gut. zeit, mich zusammenzureißen. ich habe erst ein gespräch mit einem gewissen marcus green, über den ich nichts weiter weiß, als dass es sich um einen serienmör-der handeln könnte. doch selbst wenn, dann ist es nicht ihr hobby, vor dem ich mich fürchte, sondern vor deren brotjob. ich verrate dir, warum ich hier bin, während ich meine nerven mit einem glimmstängel beruhige.

mir kam die idee, als ich mit clement auf dem sofa lag und etwas schaute über

mord.

ich gehe sie alle der reihenfolge nach durch. nur diese, meine ich – nicht die anderen. eine überraschend lehrreiche übung. ich empfehle sie.

was noch? ich habe dich übrigens geliebt. das tue ich in gewisser hinsicht immer noch, so wie man seinen alten hund liebt, obwohl er sabbert und flöhe hat und deine kreuzworträtselhinweise »irreführend« nennt. aber ach, ich habe dich geliebt. ich weiß, du weißt und wusstest. und ich wusste, du wusstest, ich wusste, usw., usf., bis zum letzten sichtbaren hund.

ich wusste auch, dass ich unlösbar nicht dein typ war. liebe grüße an james, übrigens. und ich habe die nachricht erhalten, die du in mächtigen englischen wellen übertragen hast, dass es dir nichts ausmacht, und solange ich es um himmels willen nie erwähne, hätten wir absolut keine probleme.

also tat ich das nicht, und wir hatten keine. dennoch fühlt es sich wie etwas an, das einmal gesagt werden muss.

sonst noch etwas? nur entschuldigungen dafür, dass ich dich so oft mitten hineingeworfen habe. aber du weißt ja, wie sehr ich es hasse

tee.

aber es gibt eine elegante lösung.

und? die lautet?

ich beugte mich vor, um ihnen den weg zu zeigen. sie blieben lediglich gebeugt. es war niemand in der nähe, also nahm ich sie mit. ich winkte ihnen nach, und sie winkten zurück. warum kann es nicht beides zugleich sein, flo? ihnen war kalt. sie hatten einen dicken mantel an, doch der schien ihnen nichts zu nützen. um ihnen gerechtigkeit widerfahren zu lassen – wie ich das versucht hatte –, waren sie mit einem großen geschenk versehen. mehr als einem, um genau zu sein. wenn sie gewusst hätten, woher die alte dame stammte, dann wäre ihnen vielleicht der ratschlag eingefallen, den jener priester bezüglich des pferdes gegeben hatte, oder vielleicht nur halb eingefallen. wenn ich früher daran gedacht hätte, dann hätte ich ihnen halbe ziegel mitgebracht.

mir war kalt, ich war nass, und ich wollte heim. den letzten schritt in diesem prozess habe ich vor einer stunde beendet. aus gründen der sicherheit ist es wohl an der zeit, in die sonne zu ziehen, doch wie der maulwurf werde ich diesen schäbigen, schmutzigen kleinen winkel vermissen, in der stadt, die mir zuflucht gegeben hat, wie auch im krieg den

boote.

an der stelle ging mir auf, dass ich in diesem fall einfach den mittelsmann ausschalten sollte. das wäre erheblich effizienter, und vielleicht würde mir das ebenfalls eine freude machen.

dementsprechend unternahm ich eine reise in eine hübsche hafenstadt, um im hauptsitz ein paar fragen zu stellen und so die freude noch zu erhöhen. wie zum beispiel: für wie viele würde es reichen? kann ich ihnen namen geben? können die namen ordinär sein? können sie diese dinger am bug anbringen? kann einer davon deiner sein?

nachdem ich die enttäuschendsten antworten auf diese fragen erhalten hatte, sind dieser bursche, peter kendrick, und ich in die bar gegangen und haben uns, unter anderem, unterhalten. (ich soll grüßen – offenbar schießt ihr beiden hier und da gemeinsam aus. der anblick wäre mir was wert.) sie erzählten mir geschichten, für die solche leute nun mal bekannt sind, doch bei einer davon hatte ich den eindruck, ich würde die schritte eines neuen klienten auf der treppe hören. du wirst das alles schon wissen, du bist ja der jungen lady aus portugal so ähnlich, doch für mich waren das neuigkeiten: die verhängnisvoll schlappen schläuche von norris &

morris.

nur in größerem ausmaß. der ihnen angeborene bow lag ihnen zu füßen, in jeder hinsicht und darüber hinaus. und selbst wenn man die auswirkungen ihres produkts beiseiteschob, so gab es noch vier qualifikationen, die mit ihrem namen verknüpft waren. (immer mit der ruhe, wenn alles vorbei ist, war es nur ein jahr, aber wir können uns ja nicht alle zu derartigen höhen aufschwingen.) drei davon waren berufsrivalen. das mochte mir nicht genügen, denn ich finde, so etwas passiert nun mal in der hitze des beruflichen gefechts. der vierte allerdings war ein unschuldiger flugabfertiger außer dienst. wer fertigt einen abfertiger ab? dieser typ, offensichtlich, wegen eines streits in einem kreisverkehr. na prima.

deshalb also suchte ich mark auf, und zwar an jenem ort, der ebenso an den detektiv des dichters erinnert wie an komische Wege. natürlich waren sie da, sind sie ja immer. ich lernte mark kennen, als ich für klägliche gebärde recherchierte. natürlich sind sie rein technisch gesehen selbst geeignet, doch dachte ich nicht im traum daran. zum einen hat einer von deinen leuten ihn bereits am wickel; und zum anderen mag ich sie; sie mögen mich, völlig irrational, aber hilfreich, weil sie auf derselben insel geboren wurden wie

salomon.

du hattest keine andere wahl und tatest, was fred und ginger wegen der tomaten und kartoffeln zu tun drohten, und einer kommt zu richten, geht, ohne es zu tun oder den richter zu ehren.

das scheint mir sehr vielversprechend. wir haben für morgen einen spaziergang im wald geplant, wohl der beste tag meines jahres. doch wenn du fort bist, dann werde ich ein wenig recherchieren.

> *der wirth sah, daß die sonn' in ihrem gleise*
> *dem vierten theil vom mittlern tageskreise*
> *um mehr enteilt als eine halbe stunde.*
> *er wußt', obwohl gelehrt nicht in der kunde,*
> *genau, welch tag es heute wirklich sei,*
> *und das war ihm nicht einerlei.*
> *auch sah den schatten er bei jedem baum*
> *der länge nach ganz von demselben raum*
> *wie den senkrechten körper, der ihn warf;*
> *und aus dem schatten schloß er dann ganz scharf,*
> *daß phöbus, der so hell heut schien und klar,*
> *zu fünf und vierzig grad geklommen war.*
> *so folgert' er, es sei an diesem tage,*
> *bei dieser breite, zehn uhr ohne frage.*
> *(dies kam nicht überraschend, denn im flur ...*
> *schlug eben zehn die güld'ne uhr.)*

die letzten beiden sind natürlich von mir, ich war so frei. ich wollte etwas neues versuchen, doch henry schaute scheel. sie denken, ich tauge nur zu verrat, zu räuberei und tücken. nicht gerade ein agent des wandels. aber manchmal bin ich es leid mit den

verrückt.

mensah insanit in corpore sano. dementsprechend ließ ich sie wissen, dass ihre zeit abgelaufen war. sie meinten, sie würden durchaus verstehen und keine angst vor den konsequenzen haben. offenbarung 2:10. ich schlug alternative konsequenzen vor ... und war erfreut zu sehen, dass sie erfreut waren. sie hatten sich an die goldene regel gehalten, wie sich herausstellte. matthäus 7:12. ich bestätigte, dass ich ned bentons titelgebende zurückhaltung nicht teilte, und wir machten einen zeitpunkt nach meiner probe aus.

sie boten uns eine ausgezeichnete portion jollofreis und eine lebhafte unterhaltung, wenn auch ein wenig schwer für meinen geschmack, was sowohl die stolzen erinnerungen an ihre morde betraf als auch die aufgeregten spekulationen darüber, wie der chef reagieren würde. matthäus 25:21. später räumten wir den tisch ab und dann richteten wir ihn her. sie mochten keinen fremden im schlafzimmer, deshalb suchten wir eine andere lösung. sie legten sich hin, und ich erteilte ihnen den klischeehaften befehl eines gangsters, wenn auch in freundlicherem ton.

so sei es, sagten sie kurz darauf, wenn auch nicht in so vielen worten.

später dann brachte ich das kissen an, wie sie es so liebevoll bei anderen getan hatten, und ging.

komm, wir gehen, du und ich, sagte ich albern zu mir selbst ... und dachte daran, wie der abend ausgestreckt worden war

das schien sie zu beruhigen, und wir plauderten über dies und jenes. ich machte mir das vergnügen und fragte sie etwas, das ich hasse gefragt zu werden. sie schauten mich misstrauisch an, doch ich strahlte ganz offen und unschuldig, und sie schienen mir einen vertrauensvorschuss zu geben.

ach ... hier und da. überall.

und das ist das zweite?

ja, richtig.

hat es mehr schwierigkeiten bereitet als das erste?

ja, sagten sie, hatte es. das kommt natürlich davon, wenn man nicht genug recherchiert.

ich bot ihnen einen platz an, was sie dankend annahmen, und reichte ihnen hut und stock, was sie königlich entzückte. ich rückte den hut zurecht und fragte sie, ob sie sonst noch etwas wünschten. eine ziemlich hemmungslose frage, doch sie wirkten nicht überrascht und antworteten mit einer detaillierten beschreibung eines seltenen und komplizierten kaffees. der war nicht sofort zu bekommen, also gab ich ihnen etwas saft. wieder wirkten sie entzückt. hell entzückt, könnte man sagen.

nun, george, sage ich, bon voyage.

dir auch, sagt george, und viele davon

anwältin.

das war der entscheidende unterschied, hast du gesagt, als du ihnen begegnet bist. sie waren klug genug zu wissen, dass es sich lohnt, für manche dinge zu bezahlen, wie sie mit großzügiger hand getan hatten, also genau jener hand, die man in solchen umständen braucht. die frau, die auf diese weise engagiert wurde, war in jenen kreisen berühmt, in denen man sich bewegte, wenn es um die genauigkeit ging, mit der polizei abzurechnen.

so auch in diesem fall. und genau dies, so stellten sie gnadenlos fest, kam heraus. alles nun, was sie euch sagen, das tut und haltet; aber nach ihren werken sollt ihr nicht handeln; denn sie sagen's zwar, tun's aber nicht. nichts von dem gesagten und nicht gehaltenen war an sich sonderlich schlimm, doch in der summe, als einer von bobbys freunden nach dem anderen gezwungen war aufzustehen und zu gestehen, dass sie ihre pyjamas nicht in die schublade gelegt hatten, die mit pyjamas beschriftet war, oder sie hatten ihren abführkeks nicht gegessen, obwohl er gut für sie war, und zweifellos hatten sie den eindruck, dass gilbert ihren lot korrekt bezeichnet hatte. schließlich war jene glücklose figur die horace miser senex dilectus in scamno nennt und ich

jesaja.

augenblick. oh england, ich bin da … jetzt. auch wenn
der april schon eine weile vorbei ist. tut mir leid, ich
mach das immer.

jedenfalls hat es funktioniert. john, der briten namens-
patron, sah es, beachtete es und begab sich ohne zögern,
zeigen oder wissen auf die fahrt, aus der die ramsay-fa-
milie so viel aufhebens machte. ich sammelte den pfeil
ein und überholte sie kurz darauf mit einem fröhlichen
hupen. ich parkte in der nähe der lampe, eilte hinüber,
wo mein zweites vehikel bereits kopfüber wartete, und
fummelte theatralisch daran herum. leider pfiffen sie
vorbei. aber das machte nichts. ich wusste ja, sie würden
schon bald wieder zurückkehren, und ich hatte einen
guten standort, um zu beobachten, wie sie dies für sich
selbst herausfanden.

ihre körpersprache machte deutlich, dass es bei der
rückkehr noch weniger chancen gab, sie könnten jenen
menschen aus samaria nachahmen. aber darauf war ich
vorbereitet. schließlich gibt es ja die sprichwörtliche
methode, dem fortschreiten steine in den weg zu legen.
so richtig verstanden habe ich das in jungen jahren nie,
denn man kann da doch einfach vorbei? aber natürlich
kommt es, wie bei so vielen dingen, darauf an, wohin
man legt. außerdem hatte ich gar keinen, also nahm ich
einen

becher.

»wir werden dich dort nicht behelligen. du wirst uns nie wiedersehen. niemand wird etwas erfahren. du kannst allen sagen, dass ich gestorben bin.« wohl kaum! trotzdem, die idee war gut. nur umgekehrt.

sie lachten. ich würde gern sagen, dass es ein unangenehmes lachen war, aber leider nicht.

ich habe allen erzählt, dass sie dorthin gegangen ist, aber das stimmte nicht. ich habe sie an denselben ort geschickt wie lucky!

da hatte ich also endlich die antwort. der alte herr war lucky. wenn auch offenkundig nicht ganz wie der vermisste hund. ich erinnerte mich nur vage an leftys frau – eine verschüchterte kleine frau, und das offensichtlich aus gutem grund. aber ich war ihnen dankbar, denn nun konnte ich in deren namen handeln, ohne dass mich jemand beschuldigen könnte, ich würde den mann nachäffen, der kein linkshänder war. lefty auch nicht, wie mir plötzlich auffiel. aber warum sollte er auch? ich bin äußerlich nicht knusprig, und du teilst dir nur ein geburtsdatum, nicht das geburtsrecht.

und nun schoben sie die ganze angelegenheit völlig beiseite und kehrten wieder zur auf der hand liegenden sache zurück.

was sagst du dazu?, sagten sie und legten ein einzelnes

pastinake.

zeit für einen kleinen spaziergang. wir nahmen hüte und
mäntel und tauschten geschenke, wie üblich. sie gaben
mir ein zigarettenetui mit meinen initialen, BK. ich hatte
zwei geschenke für sie: eins war 240mm hoch, das andere 275mm. ich hatte sie extra anfertigen lassen, um sie zu
amüsieren, und aus noch einem weiteren grund. keins
davon war perfekt – ich hatte keinen finden können, der
perfekt war, aber auch sonst niemand. sie steckten sie
mühsam ein. du wirst festgestellt haben, dass der andere
running gag geschenke waren, die berühren, aber ärger-
lich sind.

wir begannen mit dem jubiläum. unterwegs brachte ich
noch einmal auf, was sie mir in sheffield erzählt hatten,
nur für den fall, dass ich mich falsch erinnerte. sie waren
erfreut, alles noch einmal durchzugehen. ja, sie hatten
die eingeseifte stange erklommen, die an jenem ort und
zu jener zeit noch erheblich seifiger gewesen war. aber
sie waren nicht abgerutscht; andere, berühmtere, schon.
als wir am museum vorbeikamen, fing es an zu regnen.
uns sank der mut angesichts des prospekts des zeitweili-
gen doktor

hudson.

ich glaube, alles ist bereit für den morgigen großen tag.

ich bringe dich auf den neuesten stand.

ich kam hier an und hatte eine woche zeit für das projekt, doch ich gönnte mir nur einen tag in der stadt, bevor ich nach norden fuhr, da ich ja noch viel vorzubereiten hatte. natürlich hatte ich die meisten reservierungen und bestellungen schon im vorhinein getätigt, inklusive des veranstaltungsorts, doch war noch eine sache zu erledigen. und so sehr ich es hasse, frank zu widersprechen, aber ich musste es dort schaffen, sonst würde ich es nirgendwo schaffen.

zum abendessen schaute ich bei schwartzmann vorbei, nickte geduld und seelenstärke zu, als ich eintrat, ließ aber die gelegenheit aus, edward und den rest der bande zu besuchen. Ich finde, man sollte sie besser der eigenen fantasie überlassen; außerdem ist es ziemlich deprimierend festzustellen, dass eins der wilderen tiere am ende tatsächlich seines jungen beraubt ist. dann fuhr ich nach chicago.

dann schaute ich mir chicago an.

mein hotel war nach dem mann benannt, vielleicht zu ehren des mannes, der den gegenstand erfand, den so mancher auch den Schaukelstuhl nennt. schätze, sie neigen nicht dazu, ihre hotels nach zahnärzten zu benennen oder zu ehren von

polizei.

sie beklagte sich über dies und jenes, das und noch was anderes. sie haben einfach kein gespür für kunst.

sie wurden überprüft und beordert; es schien ein klarer fall. doch das dreckige dutzend schüttelte den kopf, doch ohne jede überzeugung. nun, offensichtlich nicht, aber es gab auch einen mangel an überzeugung bei ihrem mangel an überzeugung, wenn sie mir folgen können. und das zu recht, wie sich recht schnell herausstellte. doch da hatte es ja den startschuss schon gegeben und konnte nicht mehr zurückgenommen werden, ganz gleich, welche merkwürdigen nächtlichen aktivitäten am straßenrand von einer alles überschauenden, aber bislang übersehenen überwachungskamera aufgezeichnet worden waren.

aber es war mcqueens nächster schritt, der wirklich aufmerksamkeit erregte.

es gibt gesetze, die es verurteilten verbrechern untersagen, mit der beschreibung ihrer verbrechen geld zu verdienen. allerdings gibt es keins, das es nicht verurteilten nichtverbrechern verbietet, geld damit zu verdienen, verbrechen zu beschreiben, die nicht stattgefunden haben. ein glück für mich. dementsprechend erschien nach kurzer zeit ein debütroman mit dem mit all der subtilen antiphrase einer spielerischen jungen dampfwalze erfundenen titel: »was nicht geschah – eine erfundene geschichte«.

das ist jene, die ich gerade beendet habe. ein bemerkenswerter roman – bemerkenswert überzeugend hinsichtlich gewisser technischer besonderheiten; bemerkenswert wenig überzeugend in allen fragen hinsichtlich unserer heldin eve sullivan

ich sitze im zug nach süden links. eine meiner lieblings-
fahrten, wenn auch natürlich nicht im sinne von dr. sa-
muel. nordwärts ist ebenfalls vergnüglich, aber rechts.
mein klient, so informiert mich mein maulwurf, ist auf
dem weg nach osten. hat also alles geklappt. erstaunlich.
nun, ich habe ja mit eigenen entsetzten augen gesehen,
wie du verfolgungsjagden und kampfszenen im zeitraffer
schaust, du philister; und ich weiß, dass deine vorstellung von einem guten buch der des langweilers james
ähnelt: sechstausend wörter über isabel archer, die re-
gungslos in einem sessel sitzt und grübelt. aber schnall
dich an, denn jetzt kommt eine actionszene, ob es dir
nun gefällt oder nicht.
wir haben unsere helden – zugegebenermaßen – re-
gunglos in einem sessel zurückgelassen. doch als oliver
den deerpark erreichte, sprang ich heraus und gab ihnen
etwas zu lesen, das sie hoffentlich ablenkend fanden. ich
sehe dein gesicht genau vor mir. ja, bei meinem fortdau-
ernden versuch, dinge geschehen zu lassen, die tatsächlich nie geschehen sind, übernahm ich eine strategie, die
sehr stark mit clemens' lebender allegorie des mangels
in verbindung gebracht wird, wenn er ein initial in der
mitte seines namens trägt. ich gab ihm, was der könig
verlangte nach den feigen, empfohlen von

watson.

ich habe ein wenig gebuddelt. natürlich habe ich den größten teil der spatenarbeit im januar erledigt, doch jetzt ist die richtige zeit, um jenes versprechen einzulösen, das green und south von sich gewiesen haben.

übrigens hatte ich stets einen blick auf die regionale presse, aber niemand hat erwähnt, dass ein alter mann fehlt; doch sollte es jemals einen plötzlichen anstieg an öffentlichem interesse geben und du nach einem bett suchen: der arzt teilt sich die koje mit dem kerl, den sie auf der brücke getroffen haben, direkt unter der princess royal und agatha.

neben der gartenarbeit habe ich auch ein wenig geschrieben, wie du weißt, und auch gelesen. nur ein kurzer galopp durch ein paar alte lieblingsbücher. nichts zu anspruchsvolles und nichts neues – die letzte bestellung für neue bücher liegt monate zurück. ich kann das risiko nicht eingehen, ein schlechtes buch zu lesen. es ist ziemlicher luxus, beides zu tun – normalerweise mache ich es mir zur regel, nie zu lesen, wenn ich arbeite, denn so sehr ich mich auch bemühe, finde ich immer, dass der stil durchscheint, so wie die gelben trompetenblumen auf adrians

bären.

leider wusste ich nichts darüber. die einzige bisherige as-
soziation, die ich damit hatte, war die gleichnamige zahl,
die 150 lautete, wie ich mich erinnerte. hat nichts mit
dem ort zu tun, trotzdem fragte ich mich, ob ich mich
daran halten könnte. natürlich nicht – wales' omnium
gatherum meinte, es handele sich eher um das siebzig-
fache.

doch ich habe sie mir gestern angeschaut, und was ich
gesehen habe, gefiel mir. agnes, so las ich auf einer tafel
derselben farbe, hatte besuchern nicht immer freundlich
gegenübergestanden, vor allem solchen nicht, die meinen akzent hatten, aber ihre repräsentanten empfingen
mich herzlich und mit suppe. ich machte einen spaziergang zum hafen, immer meinem namen nach, dann
einen gesunden marsch heim, nett ausgewogen durch
eine selbstgedrehte. schneidet mir ein priemchen, hätte
ich sagen können, wie hands vom cousin der baumeister,
denn ich bin auf dem weg in meine lange heimat, ganz
gewiß. heime sind selten länger.

dann heute früh

moment. nach des handys rotem biep etwas böses
kommt hieher. ich muss mich ans werk machen. mehr
sogleich

schließlich kehrten sie zurück. 2. könige 4:11. aus gründen des pragmatismus und des mitgefühls musste ich allerdings noch auf etwas anderes warten. sprüche 6:10. als ich mir sicher war, dass sie weg waren, war es zeit, meine pflicht zu tun. sprüche 19:9. ich tat für richard, was ich für richtig hielt. 4. mose 35:19. dann griff ich hinunter und holte meine hinterlegung hervor. er war natürlich nur klein, aber er war in der lage, die 17 gegenstände zu tragen, die ich darauflegte, von denen zwei schwarz waren.

dann, im letzten augenblick – eine eingebung! dem mord im geschlossenen zimmer nachgeordnet in den annalen der dinge, die so oft im krimi stattfinden, aber so selten im verbrechen, ist gewiss der gegenstand, den das sterbende opfer als hinweis auf den täter ergreift. ich nahm nummer sechs und platzierte sie entsprechend. dann ging ich und weiß also nicht, was am nächsten morgen geschah, aber ich denke, es stimmt mit dem bericht überein, den einige deiner früheren kollegen abgaben, und zwar um 25 nach drei

nun sind wir wieder da, wo wir waren.

ich wartete auf das urteil. mein geschlecht war vielleicht ein wenig ungewöhnlich, aber andererseits wird es eh häufig verwechselt. und alles andere war wunderbar plausibel, von der hautfarbe bis zu den seiten meines abgehenden irving.

du weißt ja schon, was sie schließlich sagten. ich plapperte improvisierte zustimmung in einer sprache, die ich immer sehr schön gefunden habe, aber leider nicht spreche, und tat wie geheißen. dann nahm ich verbesserungen und veränderungen vor und gestattete meinem dreiköpfigen freund, mich erfolgreich vom grundstück zu lassen, entsprechend dem programm, das sie mir zuvor mitgegeben hatten.

nun befinde ich mich wieder im reich des wolfs, wo ich gott sei dank nicht länger die grüns beobachten muss, sondern ein auge auf die schwimmenden habe, wenn es denn welche gibt.

leider benutzt sam nur selten die erfindung der einfallsreichen italienischen

dolphin.

bei tee und whisky zu ungleichen teilen redeten wir. sie waren auch kein prinz hamlet, nicht dazu bestimmt. doch wenn sie ab und an eine ihrer schützlinge in der direktleitung zum chef fanden, dann reagierten sie auf dieselbe weise. die beiden waren sich auch einig über die möglichen konsequenzen, wenn jemand in dieser tätigkeit unterbrochen würde – doch während die einen dies als grund ansahen, es nicht zu tun, und dies zur ausrede nahmen, um zu schlafen, vielleicht auch träumen, sahen die anderen dies als wünschenswert an und vollzogen es. nicht sofort, sagten sie mir bedauernd, doch sobald es möglich schien, auf ihrer üblichen runde. der gegenstand ihrer wahl war stets zur hand, und wenn er klug eingesetzt wird, ist er überraschend schlecht auszumachen. also. was für eine charmante person, welch altruistische motive – ich war fast geneigt, sie gewähren zu lassen. hätten die parteien des zweiten teils alle fröhlich diesem plan zugestimmt, dann hätte ich es wohl getan. denn, das musste man zugeben, die mörderin war

archy.

habe ich etwas vergessen? ja – manchmal, am fuß, um das spiel zu erhalten, den stopper. vielleicht sollte ich lord timothys beispiel folgen und dir erlauben, nach belieben zu salzen und zu pfeffern . . . .

eine woche später. eine ruhige woche, wie alle anderen auch. obwohl es ganz hübsch war, das feuerwerk zu sehen. ich bin natürlich nicht hingegangen, habe aber von hier aus zugeschaut.

schätze, das dürfte fast das letzte mal sein, dass ich dir schreibe. nächste woche nur kurz. was hätte ich noch zu sagen? ich weiß es nicht. ich neige dazu, marx bei dieser kategorie von worten recht zu geben. ihr gegenteil andererseits halte ich für ungeheuer wichtig. henry beschuldigt mich, ich würde für die erste zeile eines jeden kapitels ebenso lang brauchen wie für den ganzen rest, und da liegen sie nicht ganz so falsch, wie du denkst. es stimmt sicherlich, dass ich ein kleines ritual einhalte, wenn ich fertig bin mit einem

zeile.

zumindest das mittlere stück. der anfang hätte nicht gestimmt, und das letzte stück war ja die überraschung.

sie ... lachten.

ich tat das natürlich nicht! was? mit einem leugnen hatte ich nicht gerechnet. alle wussten es! und gewiss nicht mit gelächter: nachsichtig, leicht spöttisch.

wie hätte ich das denn tun können, happy?

hast du aber wohl! war alles, was ich sagen konnte, wie – passenderweise – ein kind. sie stellten abwesend einen becher ab und gossen zucker in einen anderen. dann schien eine erleuchtung zu kommen.

ah! ich weiß, worum es geht! du bist durcheinander!

nein, ich ... also wirklich.

ich beugte mich vor. sie sich auch. und flüsterten bühnenlaut und freundlich.

ich habe deine mutter umgebracht.

schon da dachte ich, was für eine ausgezeichnete wendung das sei.

was natürlich überhaupt nicht sein konnte. es sei denn, sie waren metaxa und wut.

und dann gingen fünf cent auf talfahrt, und ich erkannte gewisse verwirrungen und verwirrende gewissheiten.

kanada!

selten habe ich den namen dieses im allgemeinen beliebten landes mit derartiger gehässigkeit ausgesprochen gehört. ich legte meinen ritter und nahm dafür eine zwei, drei und vier; zurück blieb nur des alten mannes

morden.

jedenfalls ist heute der tag, den der rechtsgelehrte wusste, wenn auch nur für den empfänger der nachricht, nicht den boten, und ich befinde mich am zielort, um dan zu treffen.

ich bin früh dran, und ich dachte, ich drehe eine schnelle runde durch den ort, während ich vor mich hinkritzle.

jetzt zum beispiel sehe ich jimmy hales, der ein bad im meer nehmen will, daneben faulenzen boys.

die recherche stellte sich als beschämend einfach heraus.

nur um sicher zu gehen, fing ich bei den sozialen medien an … und nach zehn minuten hatte ich eine vollständige liste ihrer freunde, angehörigen, kontaktdaten und eine ständig auf den neuesten stand gebrachte chronik ihrer gedanken und taten. vor dem internet wäre dieses projekt erheblich schwieriger gewesen. aber du bist wahrscheinlich schon selbst auf den gedanken gekommen.

das alles durchzugehen, war allerdings kein picknick. sie sahen die angelegenheit, die sie offiziell nicht begangen hatten, in demselben licht, wie ihr namensvetter in philadelphia die miteinander verbundenen advokaten im benthoshabitat betrachtet hatte; und hier signalisierten sie mit elefantöser grazilität ihre bereitschaft zu neuen herausforderungen. ich fürchtete um die konsequenzen, falls sie der falschen meute anheimfielen, wie sie so deutlich zu tun wünschten. dann ging mir auf, dass ich ja selbst die falsche meute war

die erzählung des rechtsgelehrten.

es scheint, es gab mal einen armen mann namens hudson, der denselben beruf ausübte wie alfredo catelli. zweifellos ein beliebter und erfolgreicher beruf, doch irrten sie in mehr als einer hinsicht, als sie die fesseln eines vagabond lösten, das ein reicher mann der stadt in der nähe der burg angekettet hatte. es gibt keine äpfel in der genesis, nur früchte; doch dieser mann hatte dafür gesorgt, dass es zumindest ein produkt des einen in dem produkt des anderen gab.

nun beschlossen sie, nicht die polizei zu belästigen, die ja eh immer so beschäftigt ist, sondern dem maulwurf im rahmen zu folgen, und machten sich daran, ihre maschine mit allen mitteln zurückzufordern; abgesehen von den ehrlichen. sie nahmen eine brechstange und ein katana mit, um später ersteres an der garagentür des glücklosen hudson einzusetzen und zweiteres an deren hals und torso. dies sorgte dafür, dass beides permanent außer betrieb war.

die stärke unseres helden als mörder bestand eher im enthusiasmus, nicht in der heimtücke, und schon bald halfen sie der polizei bei den ermittlungen, vor allem bei der frage »wer war's?«, deren offensichtliche antwort sie waren. ein lausiger verbrecher also, aber ausgezeichnete

mauseloch.

meine wahl beruhte natürlich ganz allein auf dem namen, demselben wie die straße, unter anderem. dann wanderte ich den berg hinauf und fand den alten mann buchstäblich am ersten ort vor, wo ich nachschaute, dem letzten ort, wo ich sie gesehen hatte.

sie saßen an einem kleinen tisch, der wie üblich mit bechern, münzen und all dem übersät war. ich schaute ihnen zu. sie handhaben sie gut für ihr alter, aber sie hatten ja auch viel erfahrung. ich schaute genauer hin – besen, natürlich. ich wusste gar nicht, dass man es auch auf diese art machen konnte. kann man ja auch nicht – sie waren einfach ihr schlimmster widerpart. doch nicht, so lange ich lebte. ich bot an, die andere seite zu spielen.

ich brauche niemanden, um mir einen knopf anzunähen.

ich erwähnte geld.

ach! sie glauben, sie sind so gut?

ich weiß, ich bin nicht gut. aber ich begleiche stets meine schulden. manchmal sogar im voraus.

ich gab ihnen eine note. es funktionierte. wir fingen an.

ich stellte eine frage.

ich bin hier, um zu spielen, nicht um zu reden.

ich habe bezahlt, um zu reden, nicht, um zu spielen

patience.

ich machte mich ans werk. meinen neuen klienten aus-
zuforschen, war schwieriger als beckett, sagen wir mal.
doch schließlich entdeckte ich, dass sie, genau wie sie,
wie so viele der schlimmsten menschen auf der welt begeisterte radfahrerinnen sind. ich überflog die webseiten,
auf denen diese verlorenen seelen über frühere ungeheuerlichkeiten prahlen und neue aushecken. und tatsächlich entdeckte ich sie auf einer dieser seiten und erfuhr,
dass sie beabsichtigten, von den jährlichen festivitäten
heimzukehren.

wieder lieh ich mir becketts trick aus. bevor der frühere
ceo eine kapitale auf der suche nach einer anderen verließ, ahmte ich gilberts aquatische ackerleute nach und
nahm denselben platz ein. aber ist das überhaupt eine
richtige beschreibung, wenn der effekt eher additiv ist
denn substraktiv? welches verbrechen begeht denn der
weihnachtsmann? einbruch? hausfriedensbruch? ver-
müllung? erörtere das oder auch nicht.

nach getaner tat erschien das befriedigende ergebnis in
form eines roten blinkens auf meinem handy. ich ging
die route durch und buchte mir ein zimmer in einem
überaus lustigen, aber leider nicht mehr voll funktions-
tüchtigen gebäude (erbaut, wie ich herausfand, von cou-
sins des alten samtjacketts) direkt außerhalb einer hübschen hafenstadt mit einer burg und einem stählernen

schwert.

besen!

vater? was ist hier los?

ich drehte mich um. ein kräftiger, weißhaariger kerl hohen mittleren alters kam zu uns herbeigeeilt.

ich erkannte die verwirrung, die entstanden war, obwohl mir das überhaupt nicht gefiel. diese zuweisung in die falsche kategorie ist nicht ungewöhnlich, aber in diesem fall hätten sie mir noch fünfzig pfund zugeben müssen.

ach, da bist du ja.

das warf eine offenkundige frage auf. sie wurde gestellt, aber der alte mann stand vor seinem waterloo. und zugang zu einem anderen endbahnhof hatten sie nicht.

theoretisch und höchst ungewöhnlich, stand ihnen noch die option vassiliki frei, aber auch nur theoretisch. blieb noch das alexandrinische gambit.

das, sagten sie mit mehr freimut als höflichkeit, ist niemand. wir spielen nur. der blick des anderen fiel auf die von mir vergebenen noten.

ich hab es dir doch gesagt, papa, das kannst du hier nicht machen! sie nahmen es an sich und gaben es zum entsetzen meines gegners zurück, während sie mich am ellbogen packten und davonzogen.

er kann sie nicht bezahlen. ich achte auf sein geld. er hat ein paar umdrehungen verloren, wissen sie?

das ist ihr geld, ich will es nicht. ich dachte über das nach, was ich wollte, und erinnerte mich an bennys

brüder.

eine dame, die ich gnädigerweise für mrs w halte, ist häufig zu gast, und gelegentlich wird sie von ihrem gatten begleitet, doch das nützt mir nichts. ich bin keine psychopathin. das weiß ich, ich habe mich getestet, damals, als otto mit einem solchen fall in gewissen dunklen gärten zu tun hatte. nicht mal borderline. aber ich habe die hoffnung noch nicht aufgegeben. patience legen wird belohnt, da bin ich sicher. mehr sogleich.

und so kam es auch. vier weitere tage musste ich die wälder beobachten, doch dann kam schließlich der tag, als sie allein ins bad stiegen. ich war straßenweit entfernt, konnte aber eine verbindung herstellen. die kamera ging kaputt, aber damit war zu rechnen; wahrscheinlich auch besser so.

es wäre ein wenig übertrieben zu sagen, dass mein leben eine fortdauernde anstrengung ist, mich dem alltäglichen zu entziehen, doch zumindest hatte ich ihnen dazu verholfen. ich konnte mir dessen natürlich nicht sicher sein, aber ich hegte nur geringe zweifel, und als ich ein, zwei wochen später auf der liste nachschaute, schien es plötzlich so, als suchte niemand mehr nach ihnen.

ich sehe dich vor mir, mit einem schwert in der hand. auf dem tisch liegt eine münze, sonst nichts. ich weiß, wo das schwert ist – es kann nirgendwo sonst sein. du weißt, dass ich weiß, wo es ist. ich weiß, dass du es weißt, und so weiter und so fort, bis zum letzten sichtbaren hund. doch aus gründen, die nur du allein und gott kennen, und vielleicht nicht mal ihr beide, würdest du das ganze unabänderlich zu einem endlosen pseudodrama falscher spannung ausdehnen, bis ich den tag verfluche, an dem ich es dir beigebracht habe.

er tut es doch nur dir zum hohn, und weil es dich verdrießt.

ich vermisse diese tage.

ich werde an diesem nachmittag daran erinnert, weil horaz dasselbe tat, wenn auch zur ablenkung, nicht aus unausgereifter selbstdarstellung.

ja, ich habe horaz besucht. ach, schau mich nicht so an.

ich weiß, was du denkst. dass dies der punkt ist; dass alles andere nur verschleierungstaktik ist. dem ist nicht so, sondern völlig anders. tatsächlich hätte ich sie beinahe ausgelassen, weil ich das klischee nicht ertragen könnte

ein lächerlicher plan, das gebe ich gern zu; ich würde ja gern sehen, dass er aufgeht, aber ich überlasse das sehr gerne dem

tut mir leid, ich musste mich unterbrechen – irgendein zäher bursche war trotz des starken regens dem mörder zuvorgekommen, und natürlich wollte ich sie nicht in die irre führen, also musste ich kurz aus dem wagen steigen und meinen unzuverlässigen wegweiser entfernen. nach dem maulwurf im rahmen zu urteilen, hatten meine klienten gerade den ort verlassen, wie es der arme wilfrid früher sicher mal gern getan hätte. nach der gestrigen leistung dürften sie in zehn bis fünfzehn minuten hier sein, doch vielleicht macht auch das mittagessen einen unterschied. ich denke, ich werde das, was ich gerade entfernt habe, wieder anbringen, wenn sie den friedhof erreicht haben.

jedenfalls: zufall, hatte ich schreiben wollen. wenn das nicht klappt, habe ich andere, weniger ausgefeilte optionen, aber das ist die passendste und mir die liebste. der regen kommt mir jedenfalls zugute, der erfolg hängt ganz von der ankunft unseres helden ab, gemäß der titelgebenden beschreibung von bob carruthers durch den

maulwurf.

es wäre allerdings weit hergeholt, ihn einen schäbigen, düsteren kleinen ort zu nennen.

ich erzähle dir von den beiden morden, obwohl du von dem ersten ja schon weißt. es begann, so die familienlegende, mit einem streit um einen kamm. doch leider nein, beide parteien waren üppig behaart. es war allerdings unbestreitbar mord. die hitze des augenblicks wurde beiseitegeschoben und kühlte ab. lefty ging zur arbeit, fand ein messer, kehrte zurück und stach dem alten herrn in kaltem blut, der straße und den rücken. muss ja ein mordskamm gewesen sein.

natürlich genoss der mörder einen gewissen professionellen vorteil, als es um die effiziente entsorgung ging; nicht dass sie so weit gingen wie nell lovett. soweit ich weiß.

alle wussten, wer es getan hatte, aber keiner machte sich die mühe, madama bescheid zu sagen. nicht aus angst oder arglist, aber … wir ließen madama in ruhe, solange sie uns in ruhe ließen.

das war's. keine sonderliche story, aber es war ja auch kein sonderlicher mord. lefty verbrachte die folgenden 40 jahre mit arbeit und spiel, dann noch mal 25 jahre nur spiel.

dann traf ich ein und nahm mir ein zimmer in einem hübschen hotel gleich nördlich von hadrians

holz.

ich begann mit der arbeit. eine einfache, aber funktionierende version davon zu bauen, ist eine ziemlich triviale angelegenheit. allerdings lege ich höhere maßstäbe an mich an, deshalb achtete ich sorgsam darauf, unverzügliche ergebnisse zu erzielen, was die aufgabe schwieriger machte. glücklicherweise ist dies genau, was ich an meinen herausforderungen mag.

die einzelheiten würden dich nur langweilen, und für den fall, dies hier sollte jemals in andere hände geraten, lege ich besser keine gebrauchsanweisung bei. es genügt zu sagen, dass einige der nachbarn sehr hilfreich waren. ich ließ auch die möglichkeit nicht außer acht, die mir hut und stock boten. nach fünf tagen harter arbeit war alles so weit. die letzte aufgabe bestand darin, eine große menge an sehr starken lampen zu installieren, nicht so sehr zur beleuchtung, sondern zur tarnung. wie in oz, ist es nicht ratsam, die besucher die kraft hinter dem thron sehen zu lassen. und jetzt bleibt nur noch, mit sam fertig zu werden, schlafen zu gehen und auf dawn zu warten.

es ist vorbei, und wieder schwebe ich über allen wolken. buchstäblich, könnte man sagen.

sie kamen ganz pünktlich. ich muss zugeben, ich habe niemals donner vor china über die bucht hereinbrechen hören, aber ich bezweifle, dass das oft mit einer schlanken frau verwechselt wird, die aussteigt aus einem

fisch.

die gegenwärtige zielperson hatte sich etwas ähnliches machen lassen, wenn auch wohl nicht in china, und in erheblich größerem format. der großteil davon war im augenblick verdeckt, zu meiner großen erleichterung, aber zwei große pfoten ragten aus beiden ärmeln, und ein schwanz schlängelte sich ein bein hinunter. es war nicht lebensgroß, denn es liegt nicht in der natur eines bildes, größer als die leinwand zu sein, aber unter den gegebenen umständen kam es dem so nah wie möglich.

es war natürlich dort wegen eines gewissen merkmals, das sie von einem halben namensvetter und vorbild ge-stohlen hatten.

das fand ich ein wenig merkwürdig, muss ich zugeben.

natürlich hatten sie schon eine menge von anderen ge-stohlen, bevor sie sich der pharmazie zuwandten, aber ich fand es schon recht merkwürdig, etwas derart per-sönliches von jemand anderem zu stibitzen. doch ich habe gerade ihr ahnungsloses opfer nachgeschaut und zu meiner überraschung erfahren, dass dies auch nicht ursprünglich ihres war – sie haben es wiederum von dem tatsächlich ursprünglichen besitzer: einem vietna-mesischen

king.

wie es scheint, bestand das einzige verbrechen (abgesehen vom mord) darin, früh, unklug und cyrus geheiratet zu haben. cyrus war ein brutaler kerl, dessen viele entsetzliche ungeheuerlichkeiten zu einer intervention einluden, die sich so nachhaltig auswirkte wie die mondscheinsonate auf die heimat der nackten lady. (die verbrechen des jungen bäckers, der fatalerweise gerade zufällig den wagen der kings passierte, bleiben unerwähnt. ebenso der bäcker.)

alles klar? kehren wir zu unseren helden mit dem schmierfink am telefon zurück.

das ist doch sicherlich kalter kaffee, sogar für sie?

leider nicht. sie haben es schon wieder getan.

ich hoffte, sie meinten nur mord. aber nein. man sagt, jeder habe eines in sich – das ist ausdrücklich nicht der fall –, aber dgm hatte herumgewühlt und war irgendwie auf ein zweites gestoßen.

… du meine güte. haben sie denselben forschungsprozess angewandt?

noch schlimmer. hat sie nicht.

wie es schien, hatten sie entschieden, sich ganz auf ihre phantasie zu verlassen, von der sie ungefähr so viel besaßen, wie bequem in einen eierbecher hineinpasst und noch platz für das ei lässt.

und jetzt muss ich sie in dieser angelegenheit interviewen. und ständig ruft sie an! beim letzten mal verlangte sie einsicht in die kontakt-

mit allerletzter kraft schließe ich ab und breche zusammen, erschöpft, aber zufrieden. endlich daheim. die reise
war lächerlich lang und verwickelt, und ich bin zu alt für
solche unternehmungen – zu alt und, sprechen wir es
aus, zu krabbelig. doch waren meine bemühungen zumindest von erfolg gekrönt. yuri war die erste person,
an die ich gedacht habe, als ich brookwood ernst nahm,
aber es hatte all diese monate gedauert, einen besuch in
seiner heimatstadt zu organisieren, da die reise dorthin
im augenblick recht knifflig ist.
mir ist ganz großherzig zumute, also gebe ich dir alles
da capo.
ich habe sie vor jahrzehnten kennengelernt, als sie in
england lebten. und ich plante gerade einen mord, aus
dem schließlich eine unvergleichlich größere strafe wurde. zu jener zeit war jean das quadrat so berühmt, dass
ich ganz niedergeschlagen den eindruck hatte, ich solle
mich auf sein feld drängen. ich wusste nichts darüber,
und ich fand nur sehr schwer einen geeigneten

brücke.

ich kannte den einen. wie einen die eigenen reaktionen überraschen. aus irgendeinem grund galt meine erste frage dem zustand der seele.

der hauch eines lächelns.

… angeschlagen.

meine nächste frage war eher orthodox. erinnerst du dich noch an den satz zu heisenberg? nein, aber ich wusste, wo ich bin. die antwort, die ich jetzt bekam, war anders, überraschend. man muss es mir angemerkt haben.

ich habe mich beeilt herzukommen.

beeilt? es ist fast zwölf.

deswegen ja.

aber du bist um acht aufgebrochen. wo warst du in der zwischenzeit?

ich habe den namen, den sie gemurmelt haben, nur schwer verstanden, aber das brauchte ich auch nicht.

captain webb. ein schlechtes omen.

hast du angehalten?

wieder ein rollen der augen und ein winken mit den händen. nichts zu sehen, aber ich hatte verstanden. der betreffende mann wartete draußen. ich bin hingegangen.

ja wirklich, wer hätte das gedacht. es gab nicht viel zu tun.

ich gab mich damit zufrieden, dass sie nicht das brauchten, was duncan für den krieger angefordert hatte. einer weniger, wenn überhaupt.

als ich wieder hineinging, wurde mir bewusst, dass ich einen granatapfel zerschlagen müsste, wenn die alte dame noch lebte. der doktor hatte meinen monkey

eine woche später.

es war der monat meines liebsten colonels, als ich mich saxwulf house näherte und der wind mir die soutane um die beine flattern ließ. ich hatte einen tisch beim afternoon tee reserviert, aber ich fürchte, nicht unter meinem eigenen namen, sondern unter dem einer notorischen mörderin. ich saß in mein buch vertieft da, trank tee, machte mir bei besonders relevanten versen notizen und übertrieb es mit meiner rolle. ich knabberte sogar an dem blassen scone, der schließlich gereicht wurde, doch zog ich bei dem ältlichen eiersandwich einen schlussstrich. deuteronomium 14:3. (besondere anweisung: ignorieren sie namen und gender – es sind keine wunder zu erwarten.)

als die mahlzeit vorbei war, ging ich langsam die treppe hinauf. ein wenig geistesabwesend, vielleicht, da ich ja nicht mehr das recht dazu hatte, aber wem würde das auffallen? johannes 6:62. als ich oben angelangt war, ging ich zu dem, was einst mein war, nun aber das von jemand anders. lukas 22:12. ich hatte in der letzten woche nicht vergessen, mr minit einen besuch abzustatten. jesajah 22:22. darin suchte ich mir ein gemütliches plätzchen und setzte mich. ich hatte stunden zu warten, aber ich hatte ja ein gutes buch bei mir. es gibt kein besseres, sagen manche

du hast mir einen besuch in der sonne abgestattet, und wir haben gerade eine sehr nette mahlzeit und eine ausgezeichnete flasche wein genossen. ich höre dich im nachbarzimmer leise schnarchen; das angenehmste geräusch auf der welt. ich hoffe, du kommst noch mal, zumindest einmal.

bei alldem fühle ich mich recht schuftig, dich so auszunutzen, wie ich es tat. ist es dir aufgefallen? etwas hast du zumindest bemerkt, glaube ich. du hast mir gewiss nicht das ammenmärchen abgekauft, warum ich allein in dem haus einer anderen person lebe, obwohl du zu höflich warst, um nachzuhaken. und du hättest dein gesicht sehen sollen, als ich dich frech naiv gefragt habe, ob es jemals jemanden gegeben hätte, der davongekommen sei. dieser onkel-tom-blick. weißt du noch? wie ein pterodaktylus mit einem geheimen kummer. ich bin mir ziemlich sicher, du hast daran gedacht, mich zu fragen, woher ich denn meine ideen nehme. aber gott sei dank hast du dich zurückgehalten. und die geschichte, die du mir erzählt hast, klingt ganz so, als sei das ganz genau mein fall. lass sie mich notieren, solange sie noch frisch ist

grün.

die meisten anderen tragen namen, die viel zu bekannt sind, um nicht einen kommentar hervorzurufen. und eine ist viel zu sehr in die andere richtung – so unscheinbar, dass es schon keinen spaß mehr macht. doch dieser hier trifft den nagel auf den kopf – glaubwürdig genug, aber immer noch unterhaltsam.

ich war gezwungen, den ursprünglichen gegenstand, den ich mir ausgesucht hatte, aufzugeben. ich hatte mich stets von dem recht unpassenden in dieser gruppe angezogen gefühlt – ja, ja, ich weiß auch nicht, warum –, aber natürlich hat sich seitdem herausgestellt, dass dies in gewisser hinsicht der tödlichste gegenstand von allen gewesen ist. stattdessen entschied ich mich für eine solide alternative, nach der ich nicht lange suchen musste – sie fand sich vor ort, wenn auch wohl nicht zu diesem zweck.

was die andere sache betrifft, so muss man pragmatisch sein, und es ist nur eine ernsthafte möglichkeit im spiel, auch wenn sie es tatsächlich nicht ist. doch da ich ja gegenwärtig an zukünftigem ort bin, war ich schrullig genug, einen ganz bestimmten faltbaren tisch zu kaufen und unter dem bett zu verstecken. wird er wohl immer noch dort sein? also gut. zeit zu gehen

green.

die freundliche, kruzifix tragende schwester mensah scheint nun wahrlich nicht der typ zu sein. die geiergesichtige oma dorothy scheint nun ganz und gar der typ zu sein, doch sie ist 105 und seit mindestens drei jahren bettlägerig. zumindest hat man mir das gesagt. vielleicht stellt sie ihr licht unter den scheffel? doch das bezweifle ich sehr.

erkennst du mein problem? ich möchte natürlich einen echten doktor mit krankenbettmasche und einer schwarzen tasche, oder vielleicht sogar einen vielversprechenden bestattungsunternehmer. verdammt, unter diesen umständen würde ich sogar eine floristin mit vollem lager und leuchten in den augen nehmen.

tut mir leid, ich musste hier unterbrechen – die mörderin kam auf einen kurzen schwatz herein. ja, wirklich. ich bin wieder daheim, auch wenn ich das nicht verdiene. letztlich ging alles gut, aber nicht dank dieses dummkopfs. du darfst von nun an »ammenhai« flüstern, so wie andere gebeten wurden, »pralinenschachtel« oder »norbury«. auch wenn ich diesen anspruch nicht verdient hätte. das wäre ja fast so, als würde man der titanic »jungfernfahrt« zuflüstern.

wenn ich doch nur damit zufrieden wäre und hielte mich an die rolle des diogenischen

daniel.

wie ausgemacht, waren sie schnurstracks an den ort gegangen, der mit einem fest in verbindung gebracht wird,
das ich hoffentlich nicht mehr erleben werde. ich wartete
den augenblick ab und entschied, dass angesichts meiner
kleidung, besser soutane, eine fröhliche und lebhafte ges-
te wohl am wirkungsvollsten wäre, also eilte ich hinüber,
klopfte ihnen auf die schulter und teilte ihnen freundlich
mit, dass kurze hosen hier nicht erlaubt seien. sie sahen
mich voller verwirrung und zunehmender verärgerung
an, wie nicht anders zu erwarten – es gibt nichts gegen
shorts zu sagen.

ich befürchtete schon, sie könnten die beherrschung ver-
lieren, doch dazu kam es nicht. stattdessen, sanken sie in
einen zustand übereifrigen büßertums hin, obwohl ich
später vermutete, sie waren schreckensbleich. ich ließ sie
ohne ein wort zurück. es hatte keinen sinn mehr, noch
zu ihnen durchzudringen. und angesichts der körperhaltung wusste ich, dass es noch eine ganze weile dauern
würde, bis sie überhaupt jemand ansprach.

schon kurios, wieder hier zu sein. als ich jung war, interessierte ich mich nur für das kabinett, aber ich weiß
nicht, ich ging stets von der fatalistischen annahme aus,
dass ich als erwachsener mensch die endlosen becher
und münzen mehr zu schätzen lernen würde als das
schuppentier, die pistolen, und, im kern, die handschuhe.
doch ist dieser zustand glücklicherweise noch nicht ein-
getreten

ich ging am nächsten morgen zum bahnhof. trockenen
auges, kann ich dir versichern. dann dorthin, wo die
apostolischen missionare sich einst niedergelassen hatten.

ich hatte ein ausgezeichnetes anwesen gefunden und von
den recht erstaunten besitzern angemietet. pittoresk genug – auf seine art –, um für meine vorgebliche absicht
zu dienen, aber gleichzeitig mit mehreren bedeutsamen
vorzügen für meine eigentlichen absichten. zudem trug
die straße den namen meines lieblingsbürgermeisters.
der sich, wie ich mich gerade erinnere, selbst einmal in
der lage wiedergefunden hatte, in die ich meine klienten
zu bringen gedenke.

die lieferungen trafen ein. sie kamen in drei kategorien –
teures material, von dem ich keine ahnung hatte, wie ich
es bedienen sollte, mittelpreisiges material, in dessen
verwandung ich expertin bin, und ein paar billige tei-
le, die jedes kind verwenden kann und meist auch tut.
denn obwohl ich flanders' namensgebung verabscheu-
te, nahm ich doch schwer an, dass meine klienten ihn
lieben würden, vor allem im singular. für meine zwecke
war das sehr hilfreich. ich hatte mit schwierigkeiten gerechnet, einen sitz von der art zu ergattern, wie ich ihn
brauchte, doch es gab keine. vielleicht musste ich mich
bei dem fernsehspiel jener bedanken – davor hätte sich
jedermann gedacht, ein solcher sitz sei aus

black.

doch sind sie mörderinnen? ich glaube schon. aber ich
nehme an, du, mein lästiger kleiner kritiker und meine
grille, nicht. und warum nicht? weil sie sich nicht die
hände schmutzig gemacht haben? stimmt schon, soweit
ich weiß, beabsichtigen sie nicht, dass durch ihre taten
menschen umkommen. aber sie tun es, und sie wissen es,
und doch machen sie weiter. das ist doch grund genug?

das erste mal bin ich auf sie gestoßen, als ich nachforschungen anstellte zu … ach, einem von diesen ver-
dammten dingern. ich komme gerade nicht auf den titel.
das ist das problem, wenn sie alle so hochtrabend sind –
ich vergesse jedes mal, welcher welcher ist.

sie sind natürlich nicht allein. na ja, eigentlich schon, in
ihrer eigenen kleinen schachtel, aber es gibt zahlreiche
nachbarn. meist schauspieler, sänger und komiker, aber
hier und da ein verschlammter ochse oder ein dummkopf in flannel. doch während alle ringsherum lächeln,
schauen sie ernst nach vorn. das gehört wohl zum beruf,
nehme ich an. warum bringe ich sie eigentlich immer
mit der person in verbindung, die flanders mal die schöne dame nannte, die nie danke sagt? ihr haar ist kurz, ihr
blick ist mild, ihr schritt nicht leicht. ah, ich weiß. der
name eines opfers. richard

richter.

es war allerdings notwendig, ihm zu folgen, zumindest für eine weile. die notwendigen stufen wurden erklommen. wenigstens galt sie für zwei.

meine wegbegleitung ließ sich über ihre methode aus. du kennst doch aus der penne noch den uralten spaß, jemandem den stuhl wegzuziehen, der sich gerade hinsetzen will. die raffinesse meiner begleitung bestand darin, die kollegen vom stuhl wegzuziehen. oder zumindest dafür zu sorgen, dass man sie wegzog. wozu selbst tun, was ein wohlmeinender staat für einen tun wird, wenn man nur anruft?

nach einer gewissen zeit trennten wir uns glücklich von mrs yeos altem untermieter und nahmen einen angenehmeren weg zwischen bäumen und wasser. der regen nahm zu, was mir aber nur zugutekam. der vortrag ging weiter, und ich erfuhr, dass sie diese methode auch auf einen freund ihrer frau angewendet hatten. das klang ganz nach dem general des chefs.

man sagt, im krieg und in der liebe sei alles erlaubt, aber das stimmt natürlich nicht. die vierte war hölzern, aber das war sie natürlich nicht

may.

sie behaupteten ganz bescheiden, in der lage zu sein, ihnen sitz und kunststücke beizubringen, und genau so kam es auch. nach gerade mal drei tagen verschiedener undurchsichtiger und verwirrender rituale – an einer stelle kam gar monte carlo ins spiel, glaube ich, aber ich habe keine ahnung, warum – stellten wir fest, dass wir nicht nur einen, sondern gleich zwei bereiche identifiziert hatten, bei denen wir den eindruck hatten, auf etwas gestoßen zu sein, das ernests alter man als von heißhunger getrieben bezeichnet hat. hätt ich genug nur welt und zeit, aber der entscheidende punkt ist ja, dass nicht. die beiden bereiche, bei denen wir den eindruck hatten, wir würden ein größeres boot brauchen, ist die acid-house-szene in den west midlands und ein altenheim an der südküste. in beiden gegenden, so will ich meinen, wäre ich so auffällig wie ein bunter hund, aber manche hunde, das muss ich zugeben, sind bunter als andere. aus diesem grund also stehe ich nun vor der tür eines großen gebäudes am meer, in des wallonen

woods.

ich hatte einen gewissen vorteil dabei, dieses ziel auch umzusetzen: die haarpracht meines klienten. sie verfügte, wie ich wusste, über eine gewisse qualität, die diesen erwachsenen londoner, wenn denn das testament des alten hopkins wahr gewesen wäre und keine fiktion, sicherlich dazu gebracht hätte, etwas von a... bis attika zu schreiben und durch fleiß bald an das b zu gelangen. oder so ähnlich.

dies war der grund für meine hoffnung, dass mein klient nicht unbemerkt blieb, und so war es auch. mein blick fiel auf die zwölfte arbeit des armen, selbstverurteilten sisyphos, und als ich dann am vierten tag meiner wache diejenigen sah, die ich (und andere) am meisten suchte, hatte ich ausreichend zeit, zum parkplatz hinunterzugehen, um meine sichtung zu überprüfen und ihrem dunklen landstreicher beachtung zu schenken. die überprüfung war übrigens schnell vorgenommen, da sie noch etwas anderes mit dem nicht sehr hellen trödler gemeinsam hatte. dort handelte es sich um einen zart rötlichen

krebs.

ich hatte auf besseres gehofft. und ich habe die hoffnung
noch nicht aufgegeben.

eine woche später. ich fühle mich diese woche besser und
genieße die arbeit. ich überarbeite leidenschaftlich gern.
ich erinnere mich noch lebhaft an den spaß, kurz bevor
ich dich kennengelernt habe, als meine alte dame mir die
möglichkeit einräumte, einen titel zu überarbeiten, den
sie mit ihrem verstorbenen partner geschrieben hatten.
ich will nicht behaupten, dass dies ihre eigene idee war –
ich hatte schon seit wochen darum gebettelt, es tun zu
dürfen. die penne drohte, und ich hatte den eindruck,
der aktuelle würde nur ärger machen. schlimm genug,
anders zu sein, aber es kommt nichts gutes dabei heraus,
doppelt anders zu sein, wie scott übers fernsehen sagte.
ich befürchtete, so abschätzig betrachtet zu werden wie
ein bigamist oder soziopath. oder sogar, du verzeihst, jemand homosexuelles.
ich machte mich an die arbeit. der erste, den meine mutter mir gegeben hatte, war schon vor jahren der einfach-
heit halber verkürzt worden. ich verlängerte ihn einfach
wieder, wenn auch in anderer richtung. das ergebnis
amüsierte mich, ironischerweise. noch leichter war es,
den anderen zu ändern; er stammte von

сам.

anscheinend hatten sie das alles einem talent für politik zu verdanken, wie sie sich bescheiden ausdrückten. doch handelte es sich dabei nicht nur um eine meiose, sondern um eine paradiastole, wie sie befremdlich fröhlich ausplauderten, während sie sich ein labbriges thunfischbaguette einverleibten.

dennoch fand ich, sie seien charmant und liebenswert, wenn man all die morde in vertretung außer acht ließ, und da ich ein rein amateurhaftes interesse an dem gebiet habe, sind wir über die jahre immer wieder mal in kontakt getreten.

dementsprechend schrieb ich ihnen, damals, als das väterchen oder der general herrschte, enthymematisch, dass mich ein neues projekt in die stadt führen würde und ob wir uns zum essen treffen könnten.

ich hatte noch einen weiteren vorschlag zu machen, den sie nicht ablehnen konnten, wie ich annahm. du weißt, nachdem der eiserne dingsda gefallen und die farce zu ende war, hatte ihr mütterchen sie heimgerufen. genauer gesagt, waren sie in jenem ungewöhnlich isolierten ort gelandet, der einst denselben namen getragen hatte wie

wright.

kommt, ihr geister, so hieß der. ja, denn das war der mit dieser ziemlich lustigen frau, mit der ich meinen spaß hatte und die ständig der polizei bei ihren ermittlungen helfen wollte. während meiner nachforschungen hörte ich von april.

wie es schien, hatte april aus kettering zwei große ängste: krebs und ärzte. und deshalb waren sie bei gewissen bösen vorzeichen nicht zum quacksalber, sondern ins lighthouse gegangen. dort gab ihnen dieses feenbild die antwort, die sie hören wollten, was gar nicht so üblich ist, wie man glauben sollte. meine nachforschungen deuten auf eine ziemlich gleichmäßige – und statistisch verdächtige – verteilung zwischen guten und schlechten nachrichten hin. doch die bittstellerin hielt die sache für geklärt und ignorierte alle weiteren anzeichen. natürlich gab es keinen grund zu der annahme, dass die antwort korrekt sein könnte, und wie sich herausstellte, war sie das auch nicht. die bei dieser angelegenheit umso mehr betrogenen erkrankten und verstarben, wiesen aber bis zum letzten augenblick die tatsache von sich, der mörder sei der

bullen.

eine ekelhafte vorstellung, vor allem, wie er zum brüllen gebracht wird. na, wenigstens ist das wohl nie passiert.

ich nannte ort und zeit, verwies auf die hohe frequenz, die fehlenden kameras, die unauffälligkeit, mit der man sich in einer abgeschiedenen ecke mit einem fremden hinsetzen konnte. alles richtig, doch der eigentliche grund war natürlich die koinzidenz von nachnamen, stadt und waffe der wahl.

als ich zwölf war, kündigte das flohkino, in dem ich oft war, einen film an, den ich noch nicht kannte, der aber ganz in meinen ureigensten bereich fiel. tatsächlich handelte es sich um einen ganz anderen bereich. ich ließ zweieinhalb der langweiligsten stunden meines lebens über mich ergehen, und das habe ich thomas keineswegs verziehen, wenn auch der andere thomas die größere schuld daran trug.

niemals habe ich mich derart betrogen gefühlt, es sei denn von iris murdoch. und jetzt sah ich die gelegenheit, mein jüngeres ich zu rächen und einen stich zu machen, was den titel, den ort und sogar eine person mit demselben nachnamen betrifft. ein t mehr oder weniger. aber kein a – das scheint in ungnade gefallen zu sein

all dies erzählten sie mir übrigens nicht als beichte, sondern mit bescheidenem stolz und beifallheischend. warum nehmen die menschen nur so oft an, dass ich in solchen dingen enthusiastisch dabei bin? wohl wegen dem blöden otto, der das wahrscheinlich sein würde. ich fürchte, die menschen sind nicht besser geworden darin, diese besondere wahrheit mit ihren zerebralen tentakeln zu erfassen, als damals in den tagen des lieben alten doktors. andererseits bin ich mir nicht sicher, ob der alte mann jemals von otto gehört hatte. also wieder mal selbstgedrehte und nasenring.

wir kamen über honig, und dann waren wir da, gleich neben emma. mission erfüllt, zumindest eine davon. ich stellte mir ihre fragen. erstens wusste ich mehr als nötig. zweitens hatte ich mich bereits entschieden. drittens auf ein wenig einsamkeit. es regnete stark, und der professor wollte gehen. ich wies auf den haken hin.

aber wir können nicht gehen, ohne dabei den beweis zu vernichten!

den beweis zu vernichten, macht ihn nicht ungültig. und ich möchte meinen

mutter.

die war ja offenbar zufrieden mit dem arrangement. welche überlegung steckte dahinter? die hälfte ist besser als nichts? in diesem fall hätte ich gedacht, dass das erheblich schlimmer ist.

ich schweife ab.

die guten menschen von allwyn waren auf einen hausmeister eingerichtet, aber ich mische mich nicht gern unter die leute. ich ziehe den kopf ein, erledige ein paar dreckige arbeiten für andy und ein paar dreckigere für mich selbst.

wie zum beispiel die durchsicht, wie ich schon sagte. eine ziemliche arbeit, aber die war mir immer das liebste an meinem job. wie ernest schrieb:

hören sie, die sache ist die, wer immer sie sind und worum es auch geht, aber der erste versuch, wenn man sich daranmacht, etwas zu papier zu bringen, ist stets und immer im grunde ein haufen mist, um ehrlich zu sein.

zumindest taten sie das anfänglich, nehme ich an.

eine woche später. es ist der zehnte, in jederlei hinsicht – na gut, in zweierlei. es ist ein derart ungewöhnlich schöner tag, dass ich im garten gewerkelt habe, wobei ich völlig abstoßend wirkte in shorts und t-shirt des verstorbenen

watson.

genug mit den ausflüchten. schraub deinen dingsda nur bis zum wieheißtsnochgleich. mehr sogleich.

na. das war einfach. vielleicht ein wenig zu leicht für mein amour-propre. ich hatte mit ein wenig verwunderung bei meinem vorgeschlagenen schritt gerechnet, doch von dem grünen mann kam nichts. ihre fragen waren weniger bohrend, sondern stärker an gewisse dinge gebunden, wie zum beispiel die lange zahl auf der vorderseite der karte. ein lichtblick: wie sich herausstellte, haben sie einen plan, nachdem ambitionierte sechser das leben als siebener für vierzehn tage ausprobieren können, um zu sehen, ob sie dafür gebaut sind (oder abgebaut haben) und wenn nicht, dann können sie beutel und brill zurückfordern, und nichts für ungut. zu diesem zweiwöchigen urlaub davon, mein essen selbst auszusuchen, bin ich nun angemeldet.

es ist nicht schlimm. mich erinnert das an elliots sänger. zum teil wegen dem, was sie werden, natürlich, aber auch wegen anderer dinge. die frauen schwätzen so daher, zum beispiel. nicht so sehr über den kerl, den julius wegen der decke engagiert hat, sondern über fast alles andere. manchmal schließe ich mich ihnen an in der hoffnung, das gespräch auf einige der früheren zierden des hauses zu richten, wie zum beispiel eine gewisse rose

krebs.

ihre schwester glaubt, dass ohne die einmischung des jungen bluts viel hätte getan werden können, sie zu retten. vielleicht. keine sorge, für diesen beleg würde man keinen hund hängen. oder für irgendeinen anderen. wer hängt schon einen hund? doch über die schwester erfuhr ich von mr wright.

2014 ging diese liebeskranke jugend von 18, von blassem teint und hunstanton zur prinzessin und stellte dieselbe frage, die den jungen junkets so interessierte. die richtige antwort, wie wir nun wissen, lautete: »nichts fehlt, rw, du bist fit wie ein metzgershund, lauf los.« doch die verdammte dame sagte das nicht. stattdessen seitwärts lehnten sie und sangen von einem gewissen dunklen schatten, den sie deutlich erkennen würden.

mit ungewöhnlicher entschlusskraft bedankte sich unser held, kehrte heim, schrieb einen brief und erklärte, was sie gefunden hatten und wer es gesagt hatte und unternahm dann schritte, die zum hügelhang führten. die schau fand saftiges wurzelwerk, falls fingerhut denn saftig ist, was ich bezweifle, aber das war nicht alles, was sie schauten. besser gesagt, sie sahen nachdrücklich und verdammenswert nichts. mittel und gelegenheit waren nicht zu leugnen, aber leider nicht der schatten eines motivs, noch das motiv eines schattens

ich habe gerade jemanden umgebracht.

selbst zu dem zeitpunkt dachte ich, was für eine gute erste zeile. niemand wird da einfach abwesend nicken und »wie schön für dich« sagen. lebhaftes interesse und drängende anschlussfragen sind so gut wie garantiert. diese lieferte ich gern, aber sie hoben die hände. wie schwer vorherzusagen, wie man auf etwas reagiert. ich bin, wie du inbrünstig bestätigen wirst, die am wenigsten auf ihr heim stolze person, und es wäre mir nie aufgegangen, dass ich bei solch einem anblick als erstes auf die klingel schauen würde. nimm etwas wasser, wie die lady sagte.

ich habe sie nicht umgebracht.

das geriet in konflikt mit dem, was dieser kerl gesagt hat, der einen arzt spielte, er nannte es newtons drittes gesetz der konversation – jede aussage impliziert eine gleichwertige, entgegengesetzte aussage. doch man muss ja gastfreundlich sein. ich machte platz und holte whisky und wasser – nicht zusammen, sondern getrennt. beides erwies sich als effektiv.

auf dem tisch?

wie blöd von mir. sie würden sich gewaschen haben. auf der

satz.

erinnerst du dich? ich denke darüber nach.

wie sich herausstellte, war die sorge meines kubitalen anhangs sowohl vermögensrechtlich als auch verwandtschaftlich – sie waren wohl der vormund, und das, was wir getan hatten, war hier illegal. noch ist nicht aller tage abend. ich versprach, nie wieder an diesem ort ein solches verbrechen zu begehen, und wir trennten uns freundschaftlich. aber ich fand, ich sollte meine annahme noch mal überprüfen.

bist du glücklich?

sie schauten überrascht.

kennen wir uns?

ich weiß nicht. vielleicht als wir klein waren.

an meinem letzten tag – komisch, wie man dinge vor sich herschiebt – verabschiedete ich mich von john k. natürlich waren sie da, sind sie ja immer. ich kam oscars beitrag nicht nahe, aber ich gab mein bisschen.

dann suchte ich noch einmal meinen alten gegner auf. natürlich waren sie da, sind sie ja immer. ich bezahlte meine schulden, die sie mit einem herrischen nicken annahmen, obwohl ich mir ziemlich sicher bin, dass sie keine ahnung hatten, wer ich war oder was ich ihnen schuldete. ich hatte nicht die zeit und nicht die absicht, auf ein glas zu bleiben, aber ich stellte einen becher hin und nahm einen anderen fort. auf ihr wohl, mrs mancini

ich habe jetzt mitleid mit eustachius. er paddelt über den
fluss, während die jungs auf tieren reiten. eines davon ist
ein löwe, aber da muss man schon sehr raten.

ich kaufte ein neues handy und ließ es ihnen per kurier
bringen. sinnlos, aber es weckt die fantasie.

mithilfe dieses dings teilte ich ihnen mit, ich würde für
eine gewisse organisation arbeiten. diese information
wurde mit der üblichen ehrerbietung aufgenommen, dabei ist doch gewiss jede organisation eine gewisse organisation, von ikea bis zu fähnchen fieselschweif.

ich sagte ihnen, wir seien der annahme, dass ihre talente nicht gebührend gewürdigt würden. ich nahm nichts
dergleichen an, war aber überzeugt, dass sie selbst es taten. alle denken, ihre talente würden nicht ausreichend
gewürdigt. ich auch. doch in meinem besonderen fall
stimmt das auch. also fuhr ich fort und deutete »poten-
tielle aktiva« und »meine seniorpartnerinnen« an und
amüsierte mich ganz allgemein damit, so zu tun, als sei
ich smiley. da ich aber von meiner recherche her wusste,
dass sie sich vor allem an allem fantastischen erfreuten,
tat ich auch ein wenig so, als sei ich fury. schon bald waren sie vorhersagbar zu einem treffen bereit.

ich schaue die wand hinauf und sehe jenen, der nicht
länger placidus ist; er endet schließlich in hadrians

bruders.

doch selbst dann ist alle arbeit von april erledigt worden. oder may? jedenfalls nicht june, denn es ist ja juni, das hätte ich bemerkt. was ist es, was mich so sehr verwirrt? parfüm hat damit nichts zu tun.

der punkt ist, ich habe sauber hinbekommen, den robbenhändigen nachzuahmen, doch kaum habe ich versucht, die robe — besser gesagt ulster — des anderen anzulegen, des bruders, stellte ich mich als ebensolche niete heraus wie ihr freund, der doktor.

eins zumindest habe ich daraus gelernt. wenn man mit gespitzten ohren und wedelndem schwanz die glücklichen jagdgründe eines mörders durchsucht und jedem gegenüber das blöde mundwerk nicht halten kann und von kürzlichen todesfällen schwatzt … dann findet man nicht sehr viel heraus. die mörderin schon. tja. die größte schande ist, dass letzten endes der mörder mir bildlich auf die schulter geklopft und sich vorgestellt hat. und wenn es sich dabei nicht um die netteste mörderin gehandelt hat, der zu begegnen ich jemals das vergnügen hatte, dann hätten sie mir unbildlich auf den kopf geklopft, und das zu recht. jedenfalls handelte es sich um die

sonne.

wegen dem absehbaren, natürlich. ich bin mir ziemlich sicher, niemand auf der welt weiß, dass ich irgendeine verbindung dazu habe, mal abgesehen von dir und clem. wenn es also irgendeine gerechtigkeit gibt, dann sollte man mich in frieden lassen – oder vielmehr, wenn es keine gibt. ich habe mir sogar in einer der oberen wohnungen ein kleines arbeitszimmer eingerichtet.

wie sind wir nur damals darauf gekommen? du nicht, natürlich, aber wir anderen. in einer hinsicht ist es ziemlich offensichtlich, aber sicherlich gibt es doch noch viele andere unterhaltsame optionen in dieser richtung. warum dann nicht elvis, zum beispiel? oder kong? beides so überhaupt nicht passend, aber das ist ja gerade der ganze spaß daran.

vielleicht gab es einen erregenden augenblick, den ich vergessen habe, vielleicht aber auch die aufkeimende weisheit, auf der sich eine bescheiden glanzvolle karriere aufbauen sollte, bereits zu deutlich erkennbar, um übersehen zu werden.

indirekt allerdings würde ich diese qualität beim original bestreiten. für meinen geschmack ein wenig zu schnell dabei, nach dem schwert zu greifen. war das nur ein bluff? ich wette nicht.

außerdem wundere ich mich immer über die andere

doktor.

später gingen wir den fluss entlang und überquerten die brücke. wir hatten eine gemeinsame vorliebe für die arbeiten von urquhart festgestellt, von denen ein paar im bootshaus aufbewahrt werden, doch bei genauerer betrachtung meinten meine wandernden begleiter, ihre eigene sammlung sei besser. wir gingen hin und sahen sie uns an.

und das in meinem alter, ich weiß. aber ich fürchte, in dieser hinsicht fühle ich mich wie die alte person auf ischia.

sie hatten ein großes haus in einem kleinen dorf, aber das war es nicht immer gewesen. sie hatten es so belassen, wie es gewesen war, was meiner meinung nach, als ich sie – und ihre schwäche – besser kennenlernte, ein fehler war. man bringt einen fuchs nicht im alten hühnerstall unter, schon gar nicht, wenn man dies auch noch mit einer ziemlich überwältigenden reihe von hühnern ausstattet.

weitere treffen folgten gelegentlich. nichts ernstes oder offizielles, verstehst du. keiner von uns suchte aus offensichtlichen gründen nach irgendetwas langfristigem.

am letzten tag beanspruchte das princess royal sie für sich, doch als ich anrief und bells erste worte wiedergab, schworen sie, vor meiner tür zu stehen, bevor das jahr um sei. sie hielten wort, wenn auch knapp. doch es gab einen preis, und der alte mann zahlte ihn

der alte mann war rührend froh, mich zu sehen. sie sahen erstaunlich gut für ihr alter aus, mal abgesehen von einer derart gebeugten körperhaltung, dass sie einem wandelnden fragezeichen ähnelten. vielleicht gar nicht so unpassend für personen auf ihrem gebiet. und ja, es handelte sich zudem um emmas revier, bevor sie sich endgültig auf einer der inseln zur ruhe gesetzt hatten. und ich erinnerte mich an deren bemerkung über die begrenztheiten von krummem holz.

wir hatten eine angenehme mahlzeit in einem verstörend positiv klingenden restaurant. (ich amüsierte mich mit der vorstellung, die balance könne wiederhergestellt werden durch ein konkurrenzunternehmen auf der anderen flussseite.) zu ehren des mannes, dem wir hier die stirn bieten wollten, debattierten wir beim hering über verrückte familien, und beschworen zwischen shrimps gekämmte igel.

danach standen wir auf. eh nicht sonderlich groß, ließ der buckel sie noch winziger erscheinen, was noch weniger als sonst zu dem namen passte, den ich stets so beeindruckend gefunden hatte, vielleicht wegen der beiden namensvettern: der poetische arzt und dessen nicht weniger poetischer schöpfer. komischer gedanke, dass sie aus irgendeinem grunde meinem beispiel aus vorschulzeiten gefolgt sind; ich sprach also jetzt mit georg

brookwood.

und dennoch. es wäre doch ganz schön, etwas lohnenswertes zu tun. du weißt ja, ich habe nicht viel gutes erreicht. ein paar ordentliche verdrahtungen in jungen jahren, wofür ich selten lorbeeren eingeheimst habe; und ein paar wenig bemerkenswerte morde, für die ich viel zu viele lorbeeren eingeheimst habe. abgesehen davon, wäre es denn nicht ein verbrechen, die reiche gabe des princess zu vergeuden?

darüber muss ich nachdenken. in der zwischenzeit gibt es viel zu tun. die seele des alten mannes ist von uns gegangen, doch die leiche ist zurückgeblieben. wobei im falle des doktors auch die seele zurückgeblieben ist. wir haben übrigens versucht herauszufinden, wer der alte mann war – das versteht sich ja von selbst. ohne ergebnis, aber natürlich werde ich das anständige tun, falls ich jemals etwas höre.

erinnerst du dich noch an unsere waldspaziergänge? eines der vielen dinge, die wir gemeinsam haben: niemand von uns würde sich jemals einfallen lassen, irgendwelchen abfall wegzuwerfen. einer der vielen unterschiede: du hast anderer leute abfall aufgehoben. wie du mal sagtest, als ich protestierte

denk nur, wenn wir alle zehn dinge mitnehmen würden, was das für einen unterschied machen würde

ich habe gerade jemanden umgebracht.

aber habe ich sie ermordet? (»sie« heißt übrigens »er oder sie«. ich habe nicht das geringste gegen menschen, die sich ihre eigenen pronomen aussuchen, nur dagegen, mir sie merken zu müssen, also nenne ich heutzutage alle »sie« – das macht die ganze sache viel leichter. wenn auch zugegebenermaßen nicht für dich.)

das könntest du wohl so sehen, ob nun von deinem gegenwärtigen sessel aus oder von dem strengeren möbel früherer zeiten. und da lägest du eigentlich richtig. doch jetzt, wo du die ganze geschichte kennst – oder kennen würdest, wenn ich die absicht hätte, dir das hier tatsächlich zu schicken, was ich natürlich nicht habe –, würdest du da nicht sagen, dass ich im recht sei?

deshalb schreibe ich dir in den frühen morgenstunden, während der boxer auf dem sessel schläft und der doktor auf dem sofa liegt. es gibt etwas an dir, das ich stets hoch geschätzt habe, wie du weißt, und wenn ich es schon nicht haben kann, so kann ich zumindest versuchen, es mir vorzustellen.

ich sage dir, was ich denke. ich denke, du könntest mir so weit folgen. mit unbehagen, aber immerhin. aber ich glaube nicht, dass du mir folgen würdest bis

florence.

man kann nicht beides haben. man hört mit dem einen auf, wenn man das andere allen ernstes tut. ebenso kann man nicht rufen. jemand wie peter kann also tatsächlich dort sein, und doch kann man im rauschen untergehen.

oh, das blinken hat aufgehört. außer reichweite, nehme ich an, so oder so. aber sie haben es gut gemacht. sie begannen im forth, aber es sieht ganz so aus, als hätten sie es bis in die forties geschafft. und vielleicht gibt es ja noch ein viking-begräbnis.

ärgere dich nicht. trotz der versuchung habe ich der grausamen und ungewöhnlichen strafe widerstanden und mein markenzeichen stattdessen schnell und wirkungsvoll gesetzt, gruß und kuss, dein princess.

allerdings muss ich zugeben, dass ich nicht einsehe, warum sie zwischen dem kurzen und dem ewigen schlaf nicht für einen augenblick glauben sollten …

ach herrje.

ein schrecklicher gedanke. mir ist gerade eingefallen, was ich im palast gehört habe. und – verdammt! – die initialen.

besteht denn die möglichkeit, dass ich jemandem fürchterlich unrecht getan habe? nicht jetzt, damit bin ich völlig zufrieden, sondern vor monaten? habe ich einen augenzeugenbericht fatalerweise missverstanden?

nein. natürlich nicht. ich glaube es nicht. das ist buchstäblich etwas, an das ich nicht glaube.

es wäre mir allerdings lieber gewesen, ich hätte mich nicht daran erinnert

ich schreibe dies in diamond jims haus. hier schaue ich immer vorbei, wenn ich in der stadt bin, nur um dem doppelgesichtigen alten hai hallo zu sagen. die alte dame und ich haben in der nachbarschaft gewohnt, als wir aus italien herüberkamen, und das war einer unserer lieblingsplätze. außerdem ist das ein passender ort, um die halskrause abzulegen und den nasenring einzusetzen. simsalabim. das treffen mit danny verlief gut. danach befolgte ich reginalds rat, ging friedlich nach hause und achtete darauf, nicht an den ecken der bürgersteige herumzustehen und nichts zu tun, was einen straßenauflauf verursachen könnte. leider konnte ich nicht das instrument verwenden, das sie und der rest der bande bevorzugten, und danny natürlich, aber es braucht viel übung. und platz. das winzige instrument, das ich stattdessen verwendete, dank princess, war ebenfalls von durchdringender, metallischer art, und das zählt wohl auch.

oh, gut! ich habe gerade das vierbeinige junge entdeckt, so faszinierend wie immer.

ich sollte dir von dem treffen berichten. viel zu erzählen gibt es nicht. sie tauchten auf, kamen herunter, gingen nach links und setzten sich. ich wartete, bis sie alleine waren und ich mir sicher war, es handelte sich um

abzüge.

was haben sie gesagt?

dass ich mal sehen würde, ob ich da was machen kann.

und werden sie?

nein! es gibt keine! aber es ist nicht meine aufgabe, ihr das zu sagen.

wie du weißt, bin ich eisern in meiner verachtung für all diesen unsinn wie zeichen, omen und schubser des universums. andererseits hat es ja keinen zweck, da dickköpfig zu bleiben. hier fiel mir die gelegenheit in den schoß, die mitgliedschaft zu verdoppeln, und dazu noch eine bewerbung mit derart tadellosen referenzen, und ich spürte, dass ich sie kaum übergehen konnte. also machte ich ein paar erkundigungen, eine kanne tee, einen falschen namen und einen anruf.

ich bekam ihre assistenz an die strippe und sagte, um mich nicht übertrumpfen zu lassen, ich sei meine. ich erklärte, dass mein boss einen gewissen auftrag angenommen habe. sie waren erfreut – und zwar so sehr, dass ich den verdacht hegte, sie seien ebenso wenig ihre wie ich meine. ich nannte tag und einen ort im norden. sie wiesen das ab, doch ich murmelte etwas von mauerwerk und licht, und ich würde einen wagen schicken, und da willigten sie ein.

ich muss los – kennedy steht bevor. bald mehr.

ich befinde mich im bootshaus, in gesellschaft von sam adams und shrimp luciano, und schaue auf den

wand.

eine woche später. happy birthday, arthur. ich dachte
gerade an das gewehr des russischen arztes. sie erwähnen es andauernd, aber mir fällt kein beispiel ein, wo es
auch tatsächlich eingesetzt wird. ironischerweise. arthur
schon.
habe ich dir mein gewehr gezeigt oder nicht?
ich habe es gerade aus gründen der recherche neu gelesen. na, du wirst ja sehen. oder gesehen haben.
ach übrigens, was mir gerade einfällt, ich hoffe doch, du
kümmerst dich um clement. ich glaube nicht, dass sie
dir große sorgen bereiten werden, oder für lange zeit. sie
lernen keine neuen tricks mehr.
heute bin ich sehr müde und ziemlich krebsig. was ich
wirklich verabscheue, ist die schiere stumpfsinnigkeit
der angelegenheit. da wünscht man sich doch ein wenig
flair, wie bei der armen angela duncan, oder noch besser,
urquhart, der unerschöpfliche genealoge. ach! gerade
wird mir klar, dass ich die gelegenheit verpasst habe, die
zweite zu sein, die ihr kunststück früher im jahr hätte
wiederholen können, als dein namensvetter den neuen
hut bekam.
jedenfalls tut es mir leid, wie ich es dir beigebracht habe.
(aber ich werde nichts daran ändern, also so leid tut es
mir auch nicht.) schätze, ich schäme mich für den ver-
zweifelt unoriginellen alten

stock.

eins von beiden bremste abrupt, das andere ein paar
schritte später. ich eilte zu hilfe. sie waren nicht schwer
verletzt, aber natürlich unter schock. ich sagte ihnen, still
liegen zu bleiben, und gab ihnen etwas, das helfen würde.
mein drittes war ganz in der nähe, auf seinem wagen.
(ach, korrektur von vorhin: zehn insgesamt.) mit etwas
mühe bekam ich sie und ihre maschine hinein und tat
wie masefield.

als sie erwachten, war alles bereit. sie sahen sich um, und
ich erkannte, meine list blieb nicht unbemerkt. es war
zeit abzustoßen und abzuzwitschern.

sie riefen noch etwas, aber ich konnte über den motor
hinweg nichts verstehen, deshalb winkte ich nur freundlich. freundlicher als so manch anderer, zumindest.

gemessenen schrittes fuhren sie davon.

jetzt schau doch nicht so. kurz bevor sie aufwachten, hatten sie, wie christophers freund edward bei einer ähnli-
chen gelegenheit, einen schluck, den sie eigentlich nicht
wollten.

ich muss allerdings gestehen, dass ich versucht war, sie
nicht zu töten. das tat ich nur für mein seelenheil – die
tiere draußen blickten von schwein zu mensch und
all das –, aber ich wollte nicht. gib deinem eloquenten
freund dafür die schuld. sie belehrten mich, dass ich un-
gerecht gewesen war gegenüber

allen.

nun war es so, dass es zwischen yuri und mir einen running gag gab, bei dem ich tat, als würden wir gemeinsam auf die schielende eule neidisch sein und ihn verachten, weil sie so früh und so oft an derart vielen orten eingetroffen war und ihren namen auf alles mögliche gepappt hatte. ich wies darauf hin, dass das schicksal und die raf die angelegenheit so umarrangiert hatten, dass wir sie nun widerlegen konnten; ich schlug vor, wir sollten nach einem essen einen bilderstürmerischen spaziergang machen. sie waren ganz begierig darauf, und ich machte mich daran, möglichkeiten zu erkunden, ihnen einen besuch abzustatten.

und das war, wie ich schon sagte, alles andere als ein spaziergang. der kam später. doch schließlich konnte ich das alles mit yuris hilfe, einem zwischenstopp, wo die trommel blechern schlug, und der freizügigen anwendung des universalen schmiermittels arrangieren.

ich frage mich, ob dies mein erster besuch eines ortes dieser besonderen art war. ich bin natürlich beim santa sede gewesen, aber das ist etwas anderes. in flandern vielleicht, ohne das überhaupt zu bemerken. ach, natürlich: alaska

ich dachte, vielleicht könntest du mich ermorden.
selbst damals fand ich, das wäre ein wirklich guter erster
satz.

aber wenn du am anderen ende sitzt, was sollst du dann
darauf erwidern? das klingt spaßig, lass uns einen ter-
min ausmachen? ach, wie schade, ich würde ja gern, aber
ich habe gerade nachgeschaut, und wie sich herausstellt,
ist es gegen das gesetz?

ich antwortete so, wie ich es niemals getan hätte, wenn
ich es geschrieben hätte, mit einem unglaublich banalen
mach dich nicht lächerlich.
daran ist nichts lächerlich. du hast ganz recht mit der
wahl, denn ich habe nicht den nerv, das eine auszulöffeln,
oder die energie, das andere zu suchen. aber es gibt eine
dritte möglichkeit. brookwood.
aber das war doch nur ein scherz! ein blöder einfall, um
mich von krabben abzulenken!
ach, wirklich? und selbst wenn … muss es das? denk
doch nur, was für ein nützliches gründungsmitglied ich
wäre.
und das stimmt natürlich. sowohl was die expertise als
auch was die ressourcen anbelangt.
aber ich weiß, du erträgst diese art der herangehenswei-
se nicht, und wenn du hier wärst, würdest du mir dieselbe anweisung zurufen wie der andere charles dem

palace.

also, es war furchtbar. ich habe es getan, und es war – irgendwie noch viel schlimmer, als ich befürchtet hatte. meine güte. verzeih mir, aber ich hatte ein paar. und ich bin noch nicht fertig. ich bin regelrecht getorkelt, als ich mich von der oxford street zur piccadilly zurückmühte. so sehr, dass ich fürchte, ich habe mir einen umweg erlaubt und mich von der princess zum old monkey führen lassen. aber es war auch eine ziemliche qual.

waren sie einfach nur missmutig? so viele menschen, auf brutale weise zu einer ganzen vielzahl an ungemütlichen todesarten verdammt. fast alle. und als sie für personen sprachen, die nicht anwesend waren, wie sie es oft taten, sagten sie einige unverzeihliche dinge. das muss konsequenzen haben.

nun fühle ich mich im allgemeinen bestätigt, und im besonderen auch. ich fragte sie nach jemandem, den ich kenne, müssen sie wissen.

ich glaube, sie könnten in großer gefahr sein. das tat ich tatsächlich.

stehen sie ihnen nah?

sehr nah. denn das tat ich.

wie heißen sie?

das sollte ich besser nicht sagen. also tat ich es auch nicht.

die initialen, vielleicht? das schien mir angemessen.

ob

ich glaube, das hat ihnen gefallen. aber vielleicht schmeichle ich mir selbst. warum wünsche ich mir deren zustimmung so sehr? ja, ja, ich weiß schon, sag nichts. na, jedenfalls fiel ihnen auf, dass kein haar auf meiner zunge war, und sie fragten, was ich denn so dringend wissen müsste.

ich fragte, ob sie mich kannten.

natürlich nicht. tu ich das? nein. wo kommen sie denn eigentlich her?

ich wies auf die straße auf der anderen seite des platzes.

gereizt machten sie mich auf meinen fehler aufmerksam.

geduldig erklärte ich ihnen ihren.

sie lügen! ich habe mein ganzes leben hier verbracht, und ich habe sie noch nie gesehen.

tue ich nicht, und sie haben, horace.

das überraschte sie, wie nicht anders zu erwarten. sie sahen mich scharf an … und entspannten sich. damit hatte ich überhaupt nicht gerechnet.

ach, du bist das. nenn mich nicht so! geh mir nicht auf den sack! sie sahen sich nach jemandem um, schienen aber niemanden zu sehen. dann wurden sie wieder ungeduldig.

na los! tu etwas!

ich hatte nichts als

salomons urteil.

ich musste ihm ja einen titel geben – ohne konnte ich nie anfangen. was hältst du davon? kriegst du es raus? ich hoffe, ich kriege es.

das schreibe ich jetzt, verstehst du, zumindest schreibe ich es um. du hast meine rätsel immer gemocht. manchmal frage ich mich, wie viel lebenszeit ich mit spielen verbracht habe. spiele und rätsel aller art – gespielt oder erfunden, aus spaß, für geld oder dich – haben einen überraschend großen teil meiner zeit auf diesem planeten ausgefüllt. aber ich hatte spaß daran, und das ist doch die hauptsache. oder? erörtere das, oder auch nicht.

mal sehen. jetzt ist der zehnte, aber mein zehnter – vielleicht auch der erste eines anderen – wird im alten zehnten sein. ich habe also noch zwölf, und wenn ich sechs brauche, um es zu schreiben, dann bleiben dir sechs, um es zu lösen, doch damit würde ich dich offen gestanden verhätscheln. außerdem bekommst du es dann zu deinen drei vierteln – die du witzigerweise mit der person teilst, die stets einen namen mit dir gleich hatte, nun aber beide, sozusagen. aber nicht denjenigen, den ich verwende.

übrigens bin ich wieder in der

snow.

doch ohne großes ergebnis. ou sont les neiges roses d'antan? keiner weiß es. besser gesagt, wir wissen es alle, aber wie kamen sie dort hin? ja, da liegt's. ich habe den starken eindruck, es ist unter aller würde, auf jene zu sprechen zu kommen, die genau jenes getan haben, wegen dem wir alle hergekommen sind. außerdem wissen alle, ich bin zur probe hier, und ich nehme an, das versiegelt ihnen die lippen umso mehr. das gefühl ähnelt vielleicht jener eröffnung, die thomas von dem italiener hat, nur dass sie in meinem fall wissen, ich könnte tatsächlich wiederkehren. und so zuckt diese flamme eben nicht.

dennoch habe ich gewisse fortschritte gemacht, pferd und reiter zu benennen. die verdächtige schwellung schwillt seit mindestens zehn jahren verdächtig an. die gute nachricht lautet, dass diese tatsache uns eine vielversprechend enge auswahl lässt. die schlechte nachricht lautet, dass sie alle vollkommen unwahrscheinlich sind. da wäre der chef, zum beispiel. ich würde es ja gern glauben, aber selbst wenn sie den drang verspüren sollten, kann ich mir nicht vorstellen, dass sie das vergnügen in einem derartigen ausmaß vor das geschäft stellen. so viel zu

schwerter.

und dazu noch in unpassenden mengen.

ich legte zwei davon auf den tisch. sofort schlug ein sich einmischender dummkopf, offenbar betrunken und in besitz eines pferdes, zu und nahm sie an sich, zusammen mit ein paar münzen, die ich besonders schätzte.

besen! und ihre schöne sieben auch!

zu meiner verteidigung kann ich nur vorbringen, dass diese art von darbietung es mir schwer machte, die allgemeinere situation zu erfassen.

aber es war nicht diese straße da, sondern jene.

komisch, jemanden wegen so etwas zu korrigieren, vor allem derart beiläufig, selbstsicher und falsch. widersprachen wir uns? ich korrigierte die korrektur. das kam nun überhaupt nicht gut an.

glaubst du vielleicht, du weißt das besser als ich? glaubst du, ich kenne meine eigene straße nicht? glaubst du, ich bin draußen wie ein Balkon, ist es das? was zum teufel willst du eigentlich von mir? sprich und geh mit gott!

was konnte ich tun? man sollte sein stichwort kennen.

ich lachte bei mir, ersparte dir die arbeit und gab ihnen mandys

shoulder gefunden.

sie schauten schuldig, und das sollten sie auch.

gegen den schock.

deswegen und als ursache desselben, wie homer uns erzählt. captain webb hatte mir alles verraten, und nun wussten wir beide, dass der alte mann aus demselben grund umgekommen war, aus dem der doktor vom boss die alte dame umgebracht hatte, oder aus dem der drogenhändler das kind umgebracht hätte, wenn bailey nicht da gewesen wäre.

wie viele?

… acht oder neun.

ich sagte nichts. sie hatten recht mit dem, was es nicht war, aber was es war, war schon schlimm genug.

was also tun?

ich schätze, jetzt entscheidest du dich zwischen der suppe und dem weiten.

ich kann nicht. deshalb brauche ich deine hilfe.

ich hatte schon halb damit gerechnet. wie andere zuvor, haben sie mich wegen meiner selbstgedrehten, meinem galgenhumor, dem nasenpiercing und natürlich der morde für jemanden gehalten, der nach dem gesetz dieses dummen dashwood lebt. in diesem fall würden sie mein schuldbewusstes geheimnis entdecken: einen moralkodex, um meine lieblingstante zu zitieren, den selbst torquemada für zu streng erachtet hätte.

doch es stellte sich heraus, dass ich sie falsch darin eingeschätzt hatte, sie hätten mich falsch eingeschätzt. denn dann machten sie ihren bescheidenen vorschlag

du tust, weswegen du gekommen bist, dann nimmst du deine ausrüstung mit und verschwindest.

das war nicht gerade die liebenswürdigste oder charmanteste aufforderung, die ich je bekommen hatte, aber liebenswürdigkeit und charme waren auch keine qualitäten, weswegen die sprecherin angeheuert worden war. ganz im gegenteil. für mich war sie aber gut genug. ich spornte meinen klapprigen gaul an und überquerte die schwelle.

man zeigte mir, wo mein arbeitsbereich lag, und ich machte mich ans werk. doch der cerberus zögerte, mich allein zu lassen. sie saßen auf einer bank in der nähe und schienen dieselbe haltung zur arbeit zu haben wie j klapka j. es wurde offenbar nicht gern gesehen, dass ich einfach davonspazierte und haus und grundstück erkundete. das war okay: ich hatte einen job zu erledigen.

ein gutes stündchen bastelte ich vor mich hin. meine sinnvoll verbrachte jugend – der ehrliche beruf, den ich erlernte, bevor mein erster mord alles änderte – erlaubte mir, ein paar notwendige verbesserungen vorzunehmen sowie einige exzentrischere veränderungen, unter anderem eine diskrete kamera hinter dem filter. jetzt schau mich doch nicht so an. aus rein praktischen gründen, versichere ich dir

jetzt kennst du die ganze geschichte, und ich hoffe, du gibst mir recht: wenn es so passiert wäre, dann wäre es kein mord gewesen, sondern eher ein akt der gerechtigkeit, gnade und freundschaft – doch vergiss eins nicht.
es ist nie passiert.
was letzte zeilen angeht, scheinen mir diese zu den schlechtesten zu gehören, die mir je untergekommen sind. das einzige, was für sie spricht, ist, dass sie wunderbar zu jenen passen, die davor kamen.
ich sitze in einem flugzeug, was zumindest der beste ort ist, um schlechte bücher zu lesen. dennoch hätte ich dieses nicht ertragen können, wenn es mir nicht wie gebührende sorgfalt erschienen wäre.
du siehst, ich habe meinen hut in den ring geworfen. als ich das letzte mal schrieb, wie du dich erinnerst (oder es tun würdest, wenn ich es abgeschickt hätte), ließ unser held dingsda folgen dem soundso, der armen katz im dingens gleich. nicht länger! ich habe die saure pille geschluckt und in den bitteren apfel gebissen, und ich werde nicht etwas auf etwas warten lassen wie etwas in etwas. ich frage mich, ob du das auch so siehst. ich frage mich, warum ich mich das frage, wo ich doch weiß, dass du das nicht tust. aber ich frage mich, ob du hinter deiner ablehnung … nicht doch zustimmen würdest.
lass mich erklären

NOTIZEN

NOTIZEN

NOTIZEN

NOTIZEN

Das schwerste kriminalistische Rätsel der Welt

Torquemada
Kains Knochen
Das schwerste kriminalistische Rätsel
der Welt
st 5277. 210 Seiten
(978-3-518-47277-4)

Wer kann diesen Fall lösen?

Kains Knochen ist ein hundertseitiger Krimi, in dem sechs Menschen sterben. Um herauszufinden, wer sie waren und wer sie getötet hat, muss der Leser die Seiten des Buches neu anordnen. Es gibt Millionen von Möglichkeiten – aber nur eine richtige Lösung.

»Für alle, die Lust am Rätsellösen haben,
ist dieses Buch genau richtig. Ein Krimi der besonderen Art,
der für einige Knoten im Hirn sorgen wird. Brillant.«
Frankfurter Rundschau

»Dieses Buch ist nicht bloß im kriminalistischen Sinne
ein teuflisches Puzzle.«
Frankfurter Allgemeine Sonntagszeitung

suhrkamp taschenbuch